わたしにください
－十八と二十六の間に－

樋口美沙緒

白泉社花丸文庫

わたしにください―十八と二十六の間に―　もくじ

イラスト／チッチー・チェーンソー

森尾祐樹《もりおゆうき》は、ある夢を見る。

高校三年生。十八歳になったころから、それこそ三日おき、ひどいときには毎日のように、同じ夢を。

夢の中で繰り返されるのは、セミの声だった。アブラゼミのうるさい鳴き声。

汗ばんだ体で、森尾は誰かを組み敷いている。

埃《ほこり》っぽい九月の教室には、太陽がさんさんと差しこんでいる。けれど、誰もいない。森尾ともう一人、崎田路《さきたみち》以外は。

――やめて。森尾……やめて。

嗚咽《おえつ》まじりの崎田の声を、森尾は無視していた。小さく細い体は、難なく押さえつけることができた。痛い、痛い、と訴える声も、森尾にはどうでもよかった。昂《たか》ぶった性器を突っこんだら、崎田の後ろは血に濡《ぬ》れた。ろくにほぐしてもやらなかったし、気持ちよくしてやろうとも思わなかった。森尾はただ痛めつけるためだけに、崎田を抱いた。

かけていた眼鏡が床に飛び――森尾が飛ばしたのだが――幼げな、どこか少女めいた顔を歪《ゆが》めて崎田は泣きじゃくり、痛みに青ざめ、その細い足は何度も震えていた。

けれどそれもすべてどうでもいい、と森尾は思っていた。

どうでもよかった。崎田の痛みも、心も、どうでもよかった。

自分の下にいる、崎田路という名前の、よく知らないクラスメイトが傷つこうが、苦しもうが、悲しもうがどうでもいい。もし明日、この男が自殺しても、俺には関係ない。

そう思っていた。

……俺は、まともじゃない。

夢の中で、森尾は自分のことをそう振り返る。

心の中に、自分でも信じられないほど冷たい場所がある。

あのとき崎田が死んでも構わなかった、恐ろしいほど残虐な心。あの残酷さは今でも自分の中にあるのだと――森尾はそう、知っていた。

森尾　祐樹

一

「森尾《もりお》！」

　高校の正門を出たところで後ろから呼び止められ、先を急いでいた森尾は振り向いた。九月の夕方とはいえ、残暑はまだまだ厳しい。あたりはムッとするような蒸し暑さで、うなじには玉の汗が浮かび、無造作に着た制服のシャツは湿って背に張りついていた。

「佐藤《さとう》かよ、なに」

　駆け寄ってきたのは、元バスケ部の佐藤だった。今年の五月に引退するまで、森尾も同じ部に所属しており、佐藤はチームメイトだった。つい顔をしかめると、追いついた佐藤に苦笑される。

「お前ね、いくらなんでもその態度はねーだろ」

　相手の言葉をみなまで聞かず、森尾はさっさと歩き出す。横に並んだ佐藤が、きょろきょろとあたりを見回した。

「みっちゃんは？　いつも一緒なのに、今日は一人で帰ってんの？」

「崎田《さきた》は私大の模試があるから先に行ったんだよ。俺はこれから予備校」

みっちゃん、と佐藤が呼ぶのは、崎田路《みち》のあだ名だ。

なれなれしく呼びやがって、と内心思いながら、無愛想に応じる森尾に、佐藤が「ああ、だから急いでるわけね」と、訳知り顔に頷《うなず》いた。

知らず、ため息がこぼれる。まさか自分が、片想《かたおも》いの相手と少しでも一緒にいたいという理由で早足になるとは。事情を知らない人間には、想像もつかないだろう。

森尾は三年に進級してすぐ、片恋の相手、崎田路と同じ予備校に入った。

だが崎田は私立文系のコース、森尾は国立理系のコース。教育学科を志望している崎田と、建築学科を志望している森尾とでは、強化科目が違うので四六時中一緒とはいかない。

それでも、行き帰りはわりと一緒になれるし、余った時間を予備校の自習室で過ごすときは二人になれて、話すこともできる。

森尾にはその時間さえ貴重なので、今日も崎田が模試を終えるまでには、なんとしても予備校に着いていたいのだった。うまくいけば、自習室で落ちあえる。

「お前ってもう、志望校は国立で確定？」

佐藤に訊《き》かれ、森尾は「たぶん」と曖昧《あいまい》に答えた。ごまかしているわけではなく、森尾には特別思い入れのある学校がない。

高校は進学校なので、一年のときから受験のことは意識していた。三年も九月に入った今、他の生徒たちは当然志望校を決めている。

崎田も、実家から通える距離の、そこそこ有名な私大を志望していた。

森尾は上にいる二人の兄と父親の出身校というだけで、なんとなく国立大を選んでいたが、建築を勉強するのにここでなければとも思えず、まあ一応、くらいの気持ちだ。

「天下の国立相手に、余裕だな。さすが、成績優秀くんは違うよ」

佐藤からは厭味《いやみ》まじりに言われたが、森尾は黙っていた。

(余裕もなにも、受験なんか要領だろ)

と、森尾は思っている。

最新の模試では、志望大学はB判定だったが、何度かA判定も出している。このままやっていけば合格できるだろう。

試験というのは持っている情報と時間を、どう使うかが要《かなめ》だ。

テストを作る人間がなにを考えているのか分かっていれば、どんな問題が出るかはおのずと絞れる。

模試や過去問に取り組むのは、そのピントのずれを補正し、少しずつ精度をあげていく試みのようで、森尾にはさほど苦痛ではない。機械的に考え、合理的に繰り返すのが受験勉強だ。

（……ズレてるんだろうな）

おそらく多くの人間と自分は、少しだけ思考の回路が違っている。

もっとも、つい最近崎田を好きになるまでは、人と自分の違いなど、考えたこともなかった。

薄っぺらいテスト用紙の向こう側の、顔も知らない人間がなにを考えて問題を作るのかは分かるのに——身近にいて、誰よりも深く強く想《おも》っているたった一人の心の中のことは、なにひとつ分からない。

——お前は、ちょっと人とズレてんだから。

それは今年の夏、九歳上の兄に言われた言葉だった。今でもつい思い出すのは、その自覚があるからだろうと、森尾は感じていた。

「でもよかったな、森尾。みっちゃんが地元の大学でさ。みっちゃんが地方に出てくってことになったら、お前のことだもん。追いかけたんじゃね」

元バスケ部の同級生は、みんな森尾の片想いを知っている。いわく、「見てれば分かる」のだそうだ。

崎田は二年の三学期から、三年の五月まで、バスケ部でマネージャーをしていた。誘ったのは、同じくバスケ部三年の黒田《くろだ》で、森尾にとっては腐れ縁の親友でもある。

男子校の、それもバスケ部というむさ苦しい男所帯の中に、いきなり細く、小さく、少女めいた容姿の崎田がやってきたときは、部員はかなり色めきたった。なにしろ学内には寮住まいの人間もいて、「可愛《かわい》い」には飢えていたのだ。

崎田は二年の二学期、陰湿ないじめにあっていたが、そのころにはそれもぱったりやんでいた。いじめがなくなったのは、崎田が変わったせいでもある。

以前までの崎田は、愛想がなく、誰とも話そうとせず、暗く、近寄りがたかった。分厚い眼鏡をかけ、いつも陰気な空気をまとっているように見えたものだ。

「そういえば訊いたか？　代々木《よよぎ》にある予備校にさ、浦野《うらの》がいたって話。うちの生徒が何人か補講の見学に行って、見かけたって」

「……聞いてない」

佐藤が顔をしかめて言った言葉に、思わず森尾は歩みを止めた。

浦野。その名前をはっきりと覚えている。二年のときの担任。ただし、それは九月までの話だ。

浦野はとっくに学校を辞めさせられている。理由は崎田路を、強姦《ごうかん》しようとしたからだ――。

崎田へのいじめは、その事件を発端《ほったん》にして始まったのだ。教師と寝て、大学への有利な推薦枠をもらおうとしていたと、根も葉もない噂《うわさ》に尾ひれがついて広まり、そのうち一部の不良生徒の、性欲処理に使われるようにさえなった。

それはやがて解決したが、崎田の負った傷は深かった。一時はひどく痩《や》せ細り、常に青ざめていたし、成績もがくんと落ちた。けれどその一件から立ち直ったとき、崎田はまるで別人のように変わった。崎田は少しずつ自分を変えていった。

クラスメイトに自分から声をかけ、なるべく笑顔で話すようになった。誰にでも親切に接しようと、努力しているのは傍目《はため》にも分かった。そういう小さな努力が実り、今の崎田は、一部の男子生徒のお気に入りだ。

特にバスケ部の男子生徒からは、小さくて可愛らしいと手放しに愛されている。

（それにしても浦野……教師辞めさせられて、予備校の講師になってたのか）

崎田が違う予備校でよかった、と森尾は安堵《あんど》の息をついていた。

浦野のことを考えるだけで、森尾の中には耐えがたい、嫌な気持ちが湧《わ》いてくる。それは嫉妬、憎悪、殺意――一番近いのは、同族嫌悪だった。

「……まあみっちゃんが行くことはないだろうけどさ。一応、伝えとこうと思って。補講だけとか模試だけとか、申し込むことがありそうなら、事前にお前が止めてやってよ」

浦野が崎田を強姦しようとした事件は、同級生ならみんな知っている。だから佐藤は心配してくれたのだろう。森尾は小さな声で「ああ」と頷いた。

「――なんつーか。浦野のことが、みっちゃんにとっては最初だもんな」

ため息まじりに言う佐藤へ、森尾は言葉を返せなかった。いじめや、不良生徒たちによる輪姦《りんかん》……そのうちの一人は岸辺《きしべ》と言い、森尾が彼らとケンカをして、謹慎《きんしん》をくらったことはバスケ部には知れ渡っている。そして部員はなんとなく、言葉にはしないが、崎田が岸辺たちに犯されていたのだろう、ということを感じている。暗黙の了解で。

男子校独特の文化なのか、この学校が異常なのか、遊びで男と寝てみる、という生徒は意外に多い。森尾は女だけではなく男にもモテたので、粉をかけられれば適当に寝てきた。だからこそ、森尾が崎田に片想いをしていると知っても、元部員は、誰も不思議に思わない。

――崎田なら俺でもいけそう。

という雰囲気がある。

――いろんな男に犯されていたと思うと、ちょっと抱いてみたくなる。

誰も表だっては言わないが、心の奥で思っている。一度手がついているのなら、自分が手を出したって構わない。そんな侮《あなど》りが、ひそかに誰の心にもある。岸辺たちが崎田を犯したのも、浦野が既に手を出していると思いこんでいたからだと、森尾は思う。けれど本当のところ、浦野の強姦は未遂だった。

誰も知らない事実が、一つだけある。

崎田を犯した一番最初の人間は、浦野でも岸辺でもない。あの小さな体を初めて暴《あば》き、奪ったのは、森尾だった。

「……みっちゃん、浦野のことがなきゃ、強姦とか、無縁だったかもしれないのに」

そういう不運って引き寄せあうものだろ、と、独り言のように呟《つぶや》く佐藤の声が、森尾の胸に重たくのしかかってきた。

——もし俺が犯さなかったら。

考えても仕方のないたられればが、頭をよぎった。

もし森尾が崎田を抱かなかったら、崎田はその後も、誰にも犯されずにすんだかもしれない。

「あ、やべ。バスの時間きちまう。俺走るわ」

違う予備校に通っている佐藤は、腕時計を見ると、慌てて走りだした。おう、と無愛想に見送り、森尾はふと、立ち止まった。

九月の夕景《ゆうけい》の中、まだセミの声が聞こえている。逆光で黒く沈んだ街並みのシルエットの中へ佐藤の影が消えていくと、セミの声はいっそう強まったように思えた。

——違う。最初の原因を作ったのは、俺なんだ。

喉もとへこみあげてきた言葉を、森尾は飲みこんだ。

——俺が最初に、崎田を犯した。だから崎田は……俺を許してはくれても、好きになってはくれないんだよ。

視線を落とすと、まだ熱いアスファルトの上に、セミの死骸《しがい》が転がっていた。森尾はその死骸をスニーカーの爪先で蹴って退けようとして、やめた。

虫けらを簡単に蹴ってしまう自分が、少し怖い気がした。

しゃがみこみ、拾い上げるとセミはカラカラに乾いていて、軽い。道の脇へ、森尾はその骸《むくろ》を避《よ》けてやった。

二

森尾《もりお》が予備校に着いた時間は、崎田《さきた》の受けている模試が終わるより、少し前だった。

自分の出る講義までは、十五分ほど時間があったので、自習室に入って、個別に衝立《ついたて》で区切られたブース席に座った。あえて一人用ではなく、二人用のブースを選んだ。ややあって廊下の向こうが騒がしくなり、

(模試が終わったのか……崎田も来るかな)

と、森尾は耳をすませた。

私立文系向けの模試を終えた生徒たちが、次の講義までの時間をつぶすため、一斉に自習室へと入ってくる物音がした。期待して待っていると、すぐ横に、人の気配を感じた。

控えめな、小さな声で「森尾」と呼ばれて振り返ると、崎田が衝立から顔を覗かせている。小さな丸い頭に、黒い髪。大きな瞳は「今、大丈夫?」と訊いているように見えた。

崎田のその少し心配そうな顔が好きで、森尾は無意識に、目許《めもと》を緩めていた。

自分でも相当、いきすぎていると思うのだが——森尾は、崎田の気配がなんとなく分か

る。

　崎田は自習室にやってくると、いつも森尾を探してきょろきょろとする。そのことが、森尾は嬉しいのだった。

　自習室は衝立で一席ごとに区切られているので、見通しが悪く、部屋中をうろうろしながら、隙間から探すことになる。けれど崎田は森尾を見つけても、いつもすぐに声をかけてこず、しばらく背中を見て黙っている。

　――声、かけていいかな。邪魔にならないかな。

　頭の中でぐるぐるとそんなことを考えているのが想像できて、その様子が可愛い。背後に気配を感じながら、すぐに振り向かないのは、このほんの少しの時間だけでも、崎田の頭の中を自分一人で占めていたい、という欲のせいだった。

（我ながら、ネクラだよな……）

　それでもその自己嫌悪より、崎田が自分のことを気にしてくれているという優越感のほうが勝る。

「模試、うまくいったか？」

　微笑《ほほえ》んでそう問うと、崎田の顔にはようやく安堵したような笑みが浮かぶ。頰《ほお》に血の気がのぼって、ぱっと赤らむ。それがたまらなく可愛くて、森尾はつい眼を細めた。

「なんとか、大体解けたよ。森尾がこないだ教えてくれた構文が出たんだ。コツを聞いてたから、すらすら解けた」

　他の教科も満足いく出来だったに違いない。崎田は嬉しそうに、けれど小声で囁《ささや》きながら森尾のブースに入ると、向かいの席にちょこんと座った。小さく丸まるような体勢の崎田は、小動物じみて見える。

　教えてくれて、ありがとうね、と崎田が律儀に礼を言う。森尾はそれに、少し笑んでみせた。

　森尾はここ数ヶ月、時々、崎田に勉強を教えていた。それは崎田への罪滅ぼしでもある。もともと成績のよかった崎田は、いじめや不良グループによる輪姦事件のせいで、一時期成績が落ちてしまった。森尾はその原因を自分だと思っているから、礼を言われるのは居心地が悪く、崎田に喜んでもらえるのは嬉しいけれど、屈託なく受け取ることができない。

「森尾はこのあと講義だよね？　俺もあと一つあるんだ」

「終わる時間は同じだから、ロビーで待ち合わせて一緒に帰らないか？」

　と言うと、崎田はなぜかそわそわして、落ち着きなく「じゃあさ」と呟いた。

「歩いて帰らない？　川沿いの通りをまっすぐ歩いて行けば家まで着くよね。ちょっと遠回りだけど……」

　森尾は崎田と小学校からずっと同じ学校で、家は近所だ。

二人の家からこの塾までは二駅分の距離で、けっして歩けない距離ではない。

崎田の申し出を聞いて、森尾は思わず息を呑《の》んだ。

正直に言えば、

（やった……）

と、思った。

誘ったことはないが、森尾はいつでも一緒に歩いて帰りたいなと思っていた。

電車で帰るより長く一緒にいられるし、なにより二人きりで歩いてゆっくりと話せる。

それだけで嬉しい。とはいえ、森尾は一度も、歩いて帰ろうとは言いだせなかった。

崎田は体が弱いほうだ。体も小さく、もともと虚弱らしい。体力がある自分では、崎田の限界がよく分からないから、森尾は相当遠慮していた。

それなのに、今日は崎田から、歩いて一緒に帰りたいと誘ってくれたのだ。

たったそれだけのことなのに、嬉しくて心臓がドキドキと高鳴り、頬が熱くなっていくのを感じた。

「……俺も、そうしたいって思ってた」

小さな声で返す。その声は無意識に甘くなり、崎田も頬を染めたまま、嬉しそうに微笑んでくれた。可愛い。体を乗りだして、崎田の小さな唇に口づけたい――。

不意にそんな衝動に襲われる。

衝立の中なら、たぶん誰にもバレない……。

崎田はびっくりするだろうが、きっと許してくれるはず。赤い顔をして、森尾、ダメだよ、と囁くかもしれないが、帰るころには普通に接してくれるだろう。

……それはもう簡単に予測できた。付き合ってもいないし、とっくの昔にフラれているのに、森尾は何度も崎田に口づけているし、体に触れてもいる。

(バカか。許してもらえるからしていいってわけじゃねーだろ。そういうことを簡単にするから、信頼を失うんだよ)

自分に言い聞かせ、森尾は必死に欲望を抑えつけた。

授業が終わり、急いでロビーに降りると、入り口の脇にある自動販売機の陰に、崎田はちんまりと隠れるように立っていた。最近、予備校で帰りが遅くなっては心配だから、と親に買ってもらったばかりの携帯電話を見つめている。

スマートフォンが主流の今に、通称ガラケーと呼ばれる古い機種で、いかにも箱入り息子の、大切に大切に育てられている崎田らしいなあと思ったが、携帯電話を初めて持った崎田はそれでも嬉しそうで、

——これでメールできるね。

とニコニコしていた。アドレスと番号を交換し、「森尾が俺の最初の登録だ」と言い、少しはにかんだ顔で「友だちのカテゴリに入れてもいい？」と訊いてくれた、崎田の顔を思い出すと、森尾の胸は甘酸っぱい痛みでいっぱいになった。

一つ息をして、その痛みを押しやると、森尾は「待たせたな」と声をかけた。顔をあげた崎田は嬉しそうに眼を輝かせ、「お疲れ様」と返してくれた。

「なに見てたんだ？」

「黒田《くろだ》からメールがきてたんだ。ほら」

一緒に予備校の自動ドアを出て、川のほうに向かう道すがら、森尾は崎田に携帯電話を見せてもらった。

画面には、黒田悟《さとる》、という名前が表示されている。それは二人の共通の友人で、森尾にとっては親友、崎田にとっては携帯登録、二番目の男だった。

森尾より二センチ背が高く、既にバスケットで大学進学が決まっているため、予備校には通わず今も部活に励んでいる。

もともと、崎田と最初に仲良くなったのは黒田だった。二人は波長があうのだろうと、森尾は思う。受験組と部活組に分かれて行動する前までは、森尾と崎田の間にはいつも黒田がいて、黒田がいると崎田は黒田とばかり話す。崎田をバスケ部のマネージャーに誘ったのも黒田だったし、崎田が変わろうと努力したとき、そばで支えたのも黒田だった。

黒田は崎田がレイプされていたことも、そのせいでトラウマを抱えていることも知っている。マネージャーの件は、「トラウマ克服の荒療治」としての提案だったらしい。

そして黒田は、森尾が崎田になにをしたのかも知っている。あるとき、これ以上黙っているのが後ろめたくなって、崎田への恋情と一緒に白状した。当然黒田は呆《あき》れたし、怒った。

つまり友だちの縁は切られていないが、森尾の片恋については、応援しないと言い切られているのが現状だ。

(見張られてるみたいなんだよな……)

と、森尾は思っている。

メールを見ると、案の定、崎田を気遣う文面だった。今日バスケ部でこんなことがあった、という日記のような内容と一緒に、

『森尾になんか困らされてない?』

という、失礼な一文が入っていた。ムッとしたが、これは今に始まったことではなく、ほとんど数日おきに黒田が崎田に訊いていることだった。

「黒田は森尾をなんだと思ってるんだろ……」

崎田は可愛い顔で、くすくすと呑気《のんき》に笑っている。

(野獣だと思ってんだよ)

そう森尾は思ったが、口にはしなかった。

と、森尾の手の中で、崎田の携帯電話が振動した。

「なんか鳴ってるぞ」

どうやら新着メールがあったようだ。見るつもりはなかったが、返すときに思わず「戻る」ボタンを操作して、メール一覧を出してしまった。新着メールの差出人は「臼井《うすい》」になっている――。しかもその名前は、一覧にたくさん並んでいた。

とたんに、鳩尾《みぞおち》を抉《えぐ》られたようなショックが、森尾を襲った。

「あ、ごめん」

崎田は電話を受け取り、画面を見た。愛嬌《あいきょう》のある丸顔からすうっと笑みがひいていき、黒い瞳が困惑したように揺れるのを、森尾は見た。

言葉にならないモヤモヤとした感情が、胸に押し寄せてくる。

崎田は無言になり、携帯電話をカバンにしまってしまった。返さなくていいのか、とか、臼井からだったなとか、なに書いてあった？　とか……。きっと、黒田や佐藤になら遠慮なく言えることが、今は口に出せない。もどかしい気持ちが胸に詰まる。

いつしか二人は、川沿いの道に出ていた。そこは住宅街を少し離れた土手の上で、街灯はほとんどない。歩いている人もおらず、見えるのは閑静な住宅地と、対岸の隣町の夜景だけだった。

「草の匂いがするね」

土手を歩いていると、崎田がそんなことを言う。森尾も青い草の匂いを嗅ぐ。九月も半ばをすぎていたが、それはまだ夏の香りに感じた。けれど草の中からは、秋の虫の音がうるさいくらいに聞こえていた。

しばらく無言で歩いていると、崎田が「この前さ」と話題を振った。

崎田の話題はいつも、他愛《たあい》のないものだ。今日話してくれたのは、先日亡くなった近所のおばあさんの飼い猫が、同じ日にいなくなったというものだった。

「そういうことってあるんだね。想いあっていたら、そんなふうに命まで繋《つな》がるのかな。人と動物でも……」

「そうかもな」

適当に返すと、崎田は小さくため息をついた。

「少し羨ましいなと思って」

なにが、と訊いたつもりが声には出ていなかった。森尾は口数が少ないせいで、相槌《あいづち》を打ったつもりで打てていないことがよくある。

「……人と人でも、想ってても、繋がらないことはよくあるのに」

「あー……」

そうだなと、返す声は口の中に飲みこまれた。それは俺とお前のことか？　と訊きたくなったが、森尾にはとても訊けない。カバンを脇に抱え、制服のポケットに両手を突っこんで、足にあたった小石を、つい蹴っていた。小石は草の中に乾いた音をたてて落ちる。

「……片想いってさ、どこで終わるんだろうね。誰かが誰かを好きで、その誰かをまた他の誰かが好きで……途中の誰かが諦めて振り向いたら、終わるのかな」

「……だとしても、好きじゃなくて付き合うってのも、なんかな。最低、じゃね」

いじけた声になった、と思ったが、もう遅かった。崎田は行儀よく通学カバンを肩にかけ、静かに歩いている。その顔が闇の中で、わずかにかげるのが森尾にも分かった。

「だよね」

気まずい沈黙がしばらく続いた。

――お前がこんな話するのは、臼井のためかよ。

その言葉が喉まで出かかり、けれど、それは想像以上にきつい声音になってしまいそうで、森尾は言葉をのみこんだ。

臼井はバスケ部の一年だ。部活の時期が重なったのは三ヶ月弱だから、よく知らない相手だが、崎田は二ヶ月ほど前、その臼井に交際を申し込まれて断っている。その現場を、森尾はたまたま見かけてしまった。

――好きな人がいるから。

崎田はそう言っていた。相手が誰かは知らない。森尾に分かっているのは、自分ではない、ということだけだった。

（……俺は、崎田に一度告白して、フラれてるもんな）

一世一代の告白。お前が好きだ、と言ったのは、なし崩しに二度目のセックスをしたあとのことだった。レイプではない——つもりだった。森尾はなるべく優しくしたつもりだ。崎田も抵抗しなかったし、気持ちよさそうにしていたので、許されたのだと思った。

けれどそのあと、好きだと言っても、崎田は泣いているだけで、返事はいくら待ってもなかった。一ヶ月も経《た》つころには、さすがに理解した。

（俺はフラれたのか……）

最初がレイプから始まっているのだから、当然だと思った。

それでもこうして、友だちという立場で一緒に帰れるし、話もできる。

ただ臼井や崎田が恋をしているという相手のことを考えるたびに、森尾はどうしようもない嫉妬の感情に駆られた。

（嫉妬する資格、ないのにな……）

悶々《もんもん》としていると、やがて大きな橋のところまできた。遠く在来線の通る鉄橋が見え、通りすぎていく電車の窓が、闇の中で金色に光っている。それは瞬く間に遠ざかる。

橋を半ばまで渡ると、崎田は急に落ち着きをなくしてあたりを見回しはじめた。

「どうした？」

「うーん、たしかこの辺なんだけど……」

不意に崎田が「あっ」と声をあげ、対岸を指さした。とたんに、夜のしじまの向こうが、ほんの少し明るんだ。見ると、隣町の空に花火があがっていた。

「今朝お父さんが、この道通ったら見えるかもって言ってたんだ。隣の市で小さな花火大会してるんだって。間に合ってよかった！」

崎田がはしゃいだ声をあげた。森尾は予想していなかったサプライズに少しびっくりしながら、しばらくの間、崎田と並んで欄干《らんかん》に寄りかかり、花火を眺めた。

花火は遠いせいでこじんまりとして見え、音もしないので、なんだかオモチャめいていて、本当に花火を見ているのか分からず、不思議な気持ちがした。

「俺、花火大会って行ったことがないんだ」

ふと崎田が言ったので森尾は驚いた。

「お前のお母さんて、子どもの喜ぶことなら、なんでもしてくれそうなのに。ガキのころ行かなかったのか？」

森尾は何度か崎田の母親に会っている。専業主婦で、家中のものを手作りしていそうな、いかにも優しい、いいお母さん、といった印象があった。崎田は母親似で、顔がよく似ている。男にしてはまろやかな雰囲気も、あの母親の影響だろう。

するど崎田は、「俺、眼が弱いから」となんでもなさそうに答えた。

「花火って見るものだろ？　もし連れていって、周りの子みたいに俺が楽しめなかったらって、お母さん、逆に考えちゃったみたい。それなりに視力が回復してきても、大きくなったら親とは恥ずかしくて行きたくなかったし、かといって俺、友だちがいなかったから」

淡々と話す言葉に、森尾は一瞬、なんと返せばいいのか分からなかった。

崎田は生まれつき、眼が弱かったのだという。初めてそのことを聞いたときは驚いた。眼が弱い。見えないわけではないのに、そんなことが人生のネックになるのだと、想像したことがなかった。崎田を知るまで、そんな類いの、曖昧な苦しみがこの世にあることを、森尾は考えなかった。

眼の弱さと相まってなのか、崎田は体も弱く、小さなころは同い年の子どもたちと、同じことがなかなかできなかったそうだ。

長年治療してきて、今ではほとんど普通の近視と同じで、去年の三学期からはコンタクトレンズに替え、分厚い眼鏡をやめている。

男子生徒の大勢が、みっちゃん可愛い、と言い出したのもそのころからだ。実際眼鏡の下に隠れていた小作りの顔は、愛嬌があって可愛らしかった。とはいえとびきりの美少年、というわけではない。むさ苦しい男子校の中にいると、可愛く見える――。冷静に考えれば、その程度だ。

森尾は長い間、人生なんて、努力すれば大抵どうにでもなると思って生きてきた。

森尾には努力をして手に入らなかったものがなかったから、できないのは本人の努力が足りないだけだと自分より劣っている相手を最初から斬り捨てていた。

いつも斜に構え、友だちもいないチビのクラスメイト――森尾は崎田をそんなふうに思っていたし、常に一人の姿を見ても、お前の努力が足りないだけだろと思いこんでいた。だから興味もなかった。

けれど、それは自分がハンデを背負ったことがないからだと気づいた。

自分の力ではどうにもならないくらいの壁にぶつかったときの痛みを、これまでずっと森尾は知らなかった。

崎田と出会って初めて、森尾はハンデについて考えた。

きっと崎田を知らなければ、一生考えることもなかっただろう。

――どうしたって、どう頑張ったって、足りないままという不運が、この世界にはあるのだ。

そうしてその足りなさを抱えた人は、たぶんそれを飲みこんだまま、誰に文句を言うこともできず、ただなんとか生きている……。それはひどく、孤独なのではないだろうか。

森尾は崎田を通して、その孤独を身近に感じるようになった。

「……でも今日、森尾と花火が見られてよかった」

振り向いた崎田は、えへへ、とはにかんで笑っている。友だちと見る花火、初めて、と呟く崎田の、丸みを帯びた頬に血がのぼって、赤らんでいるのが可愛い。

森尾は胸が締めつけられる気がした。

(……こんなことが?)

と、思う。言葉にならない愛《いと》しさと悲しさで、体の中がいっぱいになって、息が詰まりそうだった。

——こんな、ちっぽけな、どうでもいいことが、幸せだという崎田。

森尾が易々《やすやす》と手に入れてきたものを、崎田はまるで、得がたい宝物みたいに言う。

(俺は崎田のこういうところが、好きなんだろうな……)

森尾の中にはない価値観。自分とはまるで違う、小さな世界で生きているところや、ほんのわずかなことに喜びを見いだしている、その憐《あわ》れさが愛しい。

(俺と違うところが……俺と全然、違うところが……愛しい——)

崎田の白い横顔に、橋の上の街灯の青い光が映っている。睫毛《まつげ》の下の瞳は鏡のようになって、遠い花火の光を映し、瞬《またた》いていた。

……花火大会なんて、夏にいくらでもあったのに。

行こうよと誘ってくれればいくらでも行った。こんなオモチャみたいな花火ではなく、もっときちんと崎田と花火を楽しめた。

そう思ったが、きっと望むことすら思いつかなかっただろう崎田の、欲を張れないところに、森尾はいじらしさと健気《けなげ》さを感じた。

自分が知らなかっただけで、世の中には崎田のように、ほんの少しの不運に躓《つまず》き、そこで遅れてしまう人が大勢いるのかもしれない。恵まれている誰かを遠巻きに眺めながら、それでもできることといったら、少し挨拶をしてみるとか、なるべく笑顔でいるようにするとか……そんな、ささやかなことだけ。去年の秋までは、崎田はそのささやかな努力さえ、諦めていたように見える。

――怖かったんだ。

仲良くなってから、ふとそんなふうに、告白されたことがある。

――どれだけ頑張っても叶《かな》わなかったら……きっと傷つく。だからいつも、なにも欲しくないフリをして、自分を守ってた。でも本当は、そういう自分は好きじゃなかった。できるところから変わりたい。誰のためでもなく、ただ、自分のために。

その崎田の話に、森尾は上手《うま》く返すこともできなかったけれど。

（そういうふうに、考えるのか……）

と、驚いた。森尾には根本的にない思考だった。想像もしたことがなかった。それをしても大きく変わるわけでもない現状のために、傷つきながらも立ち上がるということを。

「来年、ちゃんと行くか。花火大会」

呟くと、崎田は驚いたように森尾を見上げた。

「……嫌か？」

ふと心配になって訊く。

「まさか！　そうじゃなくて……」

崎田は慌てて言い、それから小さな声で、「大学生になったら、森尾は俺とは遊んでくれないような気が、してたから」と続けた。

（どういう意味だ？　俺とは高校卒業までの関係にしたいってことじゃないよな）

森尾は少し焦ったが、崎田がそんなひどいことを言うとは思えない。だとしたらきっと、崎田の心に根強く残る、劣等感が言わせた言葉だろうか。

（……俺みたいな相手に、なんで負い目なんか、感じてるんだよ――）

「ほんとに行けたら、嬉しいな」

ぽつりと、独り言のように崎田が言う。森尾は崎田を覗《のぞ》きこむと、「金払って、今から特等席でも予約しとくか？」と冗談めかした。崎田が屈託なく笑い声をあげ、欄干にかけた腕へ顎を乗せて森尾を見上げた。

青い夜の闇の中で、崎田の黒い眼にわずかな光が映って揺れている。生ぬるい夜気《やき》に、草と川の匂いが混ざりこんでいる。崎田は優しく眼を細め、微笑んでいた。

「……楽しみにしてるね」

その顔を見たとたん、思った。

——今ここで、好きだと言えたら。そしてそれを、崎田が受け入れてくれたらいいのに。

(お前が好き)

そう言って、崎田にも言われたい。俺もだよ、と。

けれど、どんなに愛しく想っても、崎田は自分を好きではないのだ。

その現実に、森尾は何度も打ちのめされる。

これは崎田が背負うハンデと、少しだけ似ているかもしれない。

どれだけ頑張っても、手に入らないときは入らない。永遠に足りない。永遠に欠けたまま、生きていくしかない。

(……俺がお前を好きじゃなくなるときなんて、くるのかな?)

森尾は崎田に、そっと微笑みを返しながら、考えていた。

いつか大人になったら、十八歳のときの恋など、幼くてくだらないものだったと思うのだろうか。

けれど今、それはちっとも現実的ではない。今の森尾には、崎田に恋をしていない自分など、想像もつかなかった。

三

「祐樹《ゆうき》くん、お帰りー！」

崎田《さきた》を家まで送り届け、自宅に着くと、時間は夜の十時を回っていた。

玄関を開けるとすぐ、リビングから兄の洋樹《ひろき》が顔を出した。その軽薄な声音に森尾《もりお》はムッと眉根を寄せる。

「お兄ちゃんの顔を見るなりむくれるとは。まだ反抗期？」

からかう洋樹がうっとうしく、森尾はチッと舌打ちした。

森尾には二人の兄がいる。一番上の兄は今年三十歳。父親が一級建築士として経営する会社の実務にあたっており、真面目で寡黙、仕事熱心で家にもほとんど帰ってこない。父親もそれは同じで、毎晩遅くまで事務所にいる。二番目の兄の洋樹は二人とは違い、明るい性格の二十七歳。三人兄弟の中では唯一の母親似で、森尾より背が低く、体も細身だった。

職業は父と同じ建築士。将来は父の跡を継ぐべく、今は別の事務所で働いている。仕事はできるらしいが、それ以外は軽く、その場のノリで生きている節がある。

「あれ、今日は路《みち》くんこないの？　くるかと思って待ってたのに」

玄関をあがってすぐ、兄に抱きつかれ、背中を覗きこまれて森尾はぎょっとした。

「気持ち悪いんだよ、離れろ」

鳥肌をたてながらひき離すと、「祐樹くんの胸板、好みなんだよね」などと軽口を叩《たた》く。森尾は思わず兄を睨《にら》みつけた。

兄のこういうところが、森尾は苦手だった。

洋樹はバイ・セクシャルで下半身のだらしない男だ。そもそも、「女だけじゃなく男も美味《おい》しいよ」と勧めてきたのは洋樹だった。その言葉に乗せられて、森尾はつい寄ってきた男を抱くようになり、自分が男女両方いけるのだと知ってしまった。

「お前みたいな野獣がいる日に、崎田を連れて帰るわけねーだろ。あと路くんって呼ぶな」

俺だって名前で呼んでいないのに、という言葉は飲みこんだが、森尾は仏頂面《ぶっちょうづら》で兄に釘《くぎ》を刺した。

「なに？　じゃあ今日はお外で路くん食べてきたの？」

「食ってねーよ！」

怒鳴っても、洋樹は楽しそうにくすくすと笑っているだけだ。なにもかも見透かされている――森尾にも、そのくらいは分かる。

洋樹には悪癖があり、森尾が家に連れてくる人間を、男女お構いなしにあとから横どりして抱いてしまう。単純に、弟の相手を寝盗《ねと》るのが面白いらしい。これまでは、誰を寝盗られても気にしなかった森尾だが、さすがに崎田は違う。

「お前から寝盗るのが俺の趣味なんだからさー、連戦記録が破れちゃうじゃない」

「知るかよ、なんだその連戦記録って」

気持ち悪い、と言いながら、森尾はリビングのソファにカバンを放り投げ、台所へ入った。家には通いの家政婦がいて、台所のシンクの上には、今日もきれいに盛りつけられた夕食が置いてある。遅い時間だが、十八歳男子は常に空腹だ。森尾はレンジでおかずを温めた。

（……崎田は予備校から帰ると、ちょっとしか食えないって言ってたな）

疲れてすぐ寝ちゃうよ。森尾は食べれるの？　すごいね、と話したことがあるのを、ぼんやりと思い出した。じゃあなにも食わねーのと訊くと、「お母さんが、ハチミツの入ったホットミルクを入れてくれてね……知ってた？　ハチミツって寝る前にとると頭に良いんだって」と、崎田は言い、そのほのぼのした答えに森尾はびっくりして黙りこんでしまった。

（なんかやっぱり、住んでる世界が違うよな……）

ことがある。

崎田はまるで、童話かなにか、メルヘンの国にでも住んでいるように、森尾には見える

男ばかりの中で育ち、男に囲まれて育った森尾からすると、自分とは正反対の、ふわふわとした甘ったるいものが、崎田を包んでいるような気がする。そこに土足で入りこむのが怖い一方で、一度はそこに入りこんでぐちゃぐちゃにしたのだという後ろめたさが湧く。

「路くんの、なにがそんなによかったの？　お前の好みじゃないだろ」

おかずが温まり、ダイニングテーブルに移動すると、そろそろ教えてよ、と洋樹が待ち構えていた。森尾は無視したが、洋樹は「庇護《ひご》欲？　それとも実はショタっ気があったとか……」と、崎田に失礼なことを言った。

「ショタじゃねーよ。崎田は普通にちゃんと、男だよ」

「いや、バイの俺は、もともとああいう可愛い系は好きだよ？」

お前の好みなんか訊いてねえよ、と思ったが、言わずに森尾は味噌汁《みそしる》をすすった。

「相変わらず無口だね。まあいいけど。……あ、でもそういえばお前昔、一人だけ連れてきてたな。小さめの男の子」

「……？　なんの話だよ」

眉をひそめて訊くと、洋樹はくっくとからかうような笑みを浮かべている。

「高一のとき、抱いたろ。小さめの男の子。なんか好かれたから食ってみた、とか言って

さあ。一回だけだったけど、俺もあとからいただこうと思ってたら、その子、泣きながら帰っちゃってさ」

「……」

だんだん、頭から血の気が引いていく。まさか、そんなこと、あっただろうか？

記憶をさらってもまったく覚えがなく、森尾はごくりと息を呑んだ。

高校一年生。当時は一番遊んでいた時期で、入れ食い状態だった。制服が違ってたから、他校の生徒だな、と洋樹に言われても思い出せない。

「お前それ、崎田に言うなよ」

気がつくと、切羽詰まった声が出ていた。

洋樹がニヤっと笑い、森尾はしまった、と思ったが、もう遅かった。

「言うなってなにを？　祐樹は他にも、可愛い男の子食べてたよってこと？　それともそれさえ覚えてないくらい、ひどいヤツだってこと？」

「てめえ」

からかわれ、森尾の箸を持つ手に力がこもる。そのとき、廊下で電話が鳴った。洋樹は「いいところだったのに」と肩を竦《すく》め、電話をとりに行った。

――お前は、ちょっと人とズレてんだから。

気をつけなよ、と以前洋樹に言われた言葉が、不意にまた森尾の頭をよぎった。洋樹がそう忠告してきたのは、崎田を家に呼んだときのことだった。どういう意味だよと訊いても、洋樹ははっきり答えなかった。

なぜか頭の隅に、去年の九月、うだるような暑さの中で乱暴に組み敷いた、白い体が思い出される。森尾の性器を飲みこんで、血を流していた崎田の秘所。やめてと言って泣いていた声。

——狭い、やりにくい。全部入らねえなこれ……とひどいことを考えながら、ただ射精するためだけに腰を振った。このあとこいつ、どうするだろう。自殺したり、するのかな？

脳裏にちらりと思い描き、どうでもいいかと考えた。

あの化け物じみた思考を思い出すと、森尾は全身が急に冷えていくような気がした。と、廊下から洋樹の声がして、森尾は我に返った。

「祐樹、電話。叔父さんからだよ」

呼ばれて、森尾は廊下に出た。鈍く痛んでいる頭を振り、嫌な記憶を押しやる。

洋樹が電話越しに叔父と話している。森尾がくると「あ、じゃあ替わるね」と言って受話器を渡された。

「……もしもし、祐樹です」

叔父は父の弟で、今はアメリカの工科大学で教鞭《きょうべん》をとっているので、通話は国際電話だった。

　今年五十六になる叔父が、電話をかけてくることは珍しい。不思議に思いながら出ると、叔父の陽気な声が聞こえてきた。

『祐樹！　元気にしてるか？』

「はあ、まあそこそこ。珍しいな、叔父さん。どうかしたのか？」

『聞け祐樹、ビッグニュースだよ。お前の愛するアラン・クラトンが我が大学で来年度から教鞭をとることになった！』

「……ほんとに？」

　柄にもなく、森尾は声を弾ませていた。興奮で、頬に血がのぼってくる。

　アラン・クラトンは有名な現代建築家で、森尾が唯一ファンだと言えるほど好きな人だ。写真集も持っているし、日本にある彼の建築物は長期休暇を利用してすべて回っていた。

「叔父さん、彼と知り合いになったら俺を紹介してくれる？」

『そんなケチくさいこと言わず、お前こっちの大学を受験しろ』

「突然、なに言ってんだよ」

　叔父の突飛《とっぴ》な提案に、思わず森尾は眼を丸くした。

『お前、ＴＯＥＦＬの得点は？』

「百三点……」

『十分だ。そこからなら満点も狙える。あとは共通試験だ。書類は俺が用意してやる。受験準備のエージェントも紹介するから、卒業したらこっちにこい』

「無茶《むちゃ》言うなよ」

『なにが無茶だ。アラン・クラトンだぞ。世界の巨匠だ。彼が教鞭をとれるのなんて、あと何年か分からないぞ。今このチャンスを逃せば、お前は一生後悔する』

それは正論だった。森尾は返答に詰まった。アラン・クラトンはもう高齢だ。これまで弟子もほとんどとらなかったクラトンが、突然教鞭をとることにしたのは、後継者を育てたいという気持ちもあるのかもしれない。

『もしクラトンに学べば、歴史に残る建築家になれる。運命は自ら選びとるものだぞ。分かるだろ？』

叔父の考えは分からないわけではなかった。けれど森尾は躊躇《ちゅうちょ》した。

もしアメリカに進学すれば、短くても四年、長くなればもっと日本を離れることになる。日本には、崎田がいる。アメリカには、いない。

「……」

黙りこんでいる森尾に、叔父が呆れたようにため息をついた。

『祐樹、なにが問題なんだ？　まさかガールフレンドか？　日本とアメリカの距離なんて大したことない。インターネットもテレビ電話もある時代だ。一時《いっとき》の感傷のために一生のチャンスを逃すなんて、ばかげてる』

よく考えろと叔父は言う。なにも言わない弟を見かねたのか、横に立って聞いていた洋樹がそこで電話を替わってくれた。

「クラトンがくるなら俺も行こうかなー。え？　来年の仕事？　そりゃ決まってるけどいいよ。クラトンに比べりゃつまんない仕事さ」

受話器の向こうで、叔父がこの愚か者、と怒鳴る声がした。兄さんが優しいからお前はつけあがるんだ、もっと厳しい事務所に入ったほうがいい——そんな小言を、洋樹はへらへらとかわしている。

森尾は背を向けて、ダイニングに戻った。けれど、なかなか箸をとることもできない。

「路くんのこと、気にしてる？　ばかだな、アラン・クラトンだよ。絶対行くべきだ」

電話を切って戻ってきた洋樹に言われたが、森尾にはやはり、行くという選択はないように思えた。

（……一時の感傷）

——そうだな叔父さん、そのとおりだ。俺も分かってる。

と、内心では思った。崎田への恋はどうせ叶わない。いずれ終わらせるしかない片想い。

それでも、だからこそ一緒にいられる間は、一緒にいたい。

たとえそれが愚かだとしても——仕方がなかった。森尾は恋をしているのだから。

「アメリカの大学？　アラン・クラトン？　なにお前、それ断ってよかったのかよ」

二時間目の長い休憩時間、廊下に出ると偶然黒田《くろだ》がいたので、森尾はなんとなく昨夜の叔父の電話のことを話した。崎田はと訊かれたが、次の授業の準備のためいなかった。森尾と崎田はクラスメイトだが、黒田は隣のクラスだ。

森尾にとって黒田は、小学校からの友人。学校は違ったが、ミニバスケの部活で一緒だった。森尾と違って成績はあまり良くないが、恵まれた体格と運動神経のおかげで、高校、大学ともにスポーツ推薦で進学を決めている。

寡黙な森尾と違い、黒田は気さくで親しみやすい性格をしている。そのせいか、崎田もやたらと懐いており、森尾はそれが面白くなかった。

「お前……あれだろ。崎田がいるから日本に残るつもりなんだろ？　もう諦めてアメリカに行ったほうがいいよ」

呆れたように言われたが、森尾はなにも言い返さなかった。ぷいと横を向き、「いいだろ」とだけ呟く。我ながらいじけた言い方になった。

「いっそ憐れになってきた……。まあ応援はしてやらねーけどな」

廊下の窓にもたれ、黒田はパック入りの牛乳を飲みながら言う。崎田には、お前じゃないほうがいい、と黒田は呟いた。そんなことは百も承知だ。黒田から眼を逸《そ》らし、背後の窓を見やっていた森尾の視界に、そのときふと、見知った影が映った。

「……あの二人、知り合いだったか？」

思わず窓を覗きこみ、黒田に問う。廊下の真下の裏庭に、大村《おおむら》と臼井《うすい》の姿が見える。二人はなにやら話しこんでいた。大村は森尾より頭半分背が低く、崎田ほどではないが細身で、顔立ちはシャープに整っている。この学校にはあまりいない、少し不良っぽい見てくれで、実際本人も擦れている。一方、臼井は森尾と同じく長身。肩幅が広く体格のいい男で、面差しは真面目そうだ。

「ああ……あの二人なら、たしか中学が一緒だよ」

黒田に言われたが、森尾は臼井と大村の出身校さえ思い出せなかった。

「お前、中学のとき、何度か対抗試合であいつらの学校行ってるぞ。大村もその試合見てたって、一年のときお前に話してたろ」

「……そうだっけ」

森尾は覚えていなかった。黒田とは中学は違ったが、地域の大会などになると、よく顔を合わせていた。一年から二人ともレギュラーをとり、試合にもスタメンで出ていたからだ。

大村とは高校から一緒になり、一年、二年と同じクラスで、そのときは同じグループに属していたが、好きでも嫌いでもない、ただのクラスメイトという認識だった。

「……大村とは、最近は話してない」

ぽつりと森尾は言った。二年のとき、崎田を率先していじめていたのは大村だった。口を挟むのもくだらなくて、森尾はしばらく冷めた眼で眺めていただけだったが、崎田をいびる大村に、いい感情は抱けなかったし、今では嫌悪感すら抱いている。

黒田は、呆れたように「分かってねえな」と言う。

「大村は崎田が嫌いなんじゃなくて、お前が好きだったんだよ。何度もアピールされてたろ」

「……」

森尾は黙りこみ分からないフリをした。だがそれがポーズだということは、黒田にはバレているだろう。

――大村はお前が好き。

(まあ……そうだろうけど)

これまでに、何度となく憧憬《しょうけい》の眼を向けられた。けれど興味がなかった。

大村の性格を考えると、一度でも抱いたらあとをひきそうで、面倒くさいと思って手を出さなかった。今となっては、どう思われているのか分からない。

崎田をなじっていた現場を見て、大村を怒鳴りつけた一件以来、口もきいていないし挨揶揄もしていない。時折廊下ですれ違うとき、大村は恨みがましげなまなざしで森尾を睨みつけ、隣に崎田がいれば、舌打ちをするが、森尾はそのときの大村の感情にも興味がなかった。

「崎田はまだ、大村を怖がってるみたいだ……。俺たちほどじゃなくても、大村も崎田よりはデカいし」

崎田は大柄の男に犯されたトラウマがある。

そのせいで、大きくて乱暴な男が怖いようだった。大村には直接いじめられていたのもあり、いまだに顔を合わせると、緊張して青くなっている。もっとも、その原因を作ったのはほかでもない自分なのだと、森尾は自覚している。

（本当なら、俺こそが怖がられて……近づけもしないはずなのにな）

その自分をなぜ、崎田が許してくれているのかは分からない。

「……なんか嫌な予感するな」

小さな声で、黒田が呟いた。その視線は眼下の大村と臼井に向けられていた。

「二人とも、なにしてるの？」

と、階下から崎田が二階の廊下にあがってきた。細い腕に、大きな地図を抱えている。一緒にいるのはクラスメイトで同じ日直の山野《やまの》だ。明るくて声は大きいが、同じくらい小柄だからか、崎田は山野とよく一緒にいる。

「お前ら窓辺に立つなよー！　デカいのが二人そろってると、日が陰るだろっ」

山野は森尾と黒田を見るなり、崎田の横できゃんきゃんと元気よくわめいた。崎田はおかしそうに笑っている。崎田は山野のこの遠慮のない物言いが、どうにも好きらしかった。

「日が陰るはないだろ。俺たちにも日照権はある！　な、森尾」

「デカいやつらはこれ以上光合成しなくていいんだよ。なあ崎田」

山野の言い分がおかしかったらしく、黒田はゲラゲラと声をたてて笑った。「二人が並んでると、たしかにちょっと暗くなるな」と、崎田はのんびり笑っている。崎田が窓に近づきすぎないよう、森尾は歩み寄り、その手から地図をとった。

「おう、森尾えらいじゃん。黒田も面積分働け働け」

山野が言うのに黒田は苦笑して、山野の腕から荷物をとる。ありがとう、と言う崎田と違い、山野はあっけらかんとしており、両手が自由になったとたん、「崎田ー、便所行こーぜっ」と無邪気なものだった。

崎田が山野とトイレに行ったので、森尾はホッとした。振り返ると窓の下にはまだ、大村と臼井がいる。あの二人を、崎田の視界に入れたくはなかった。

予鈴が鳴るのを聞きながら、森尾は黒田と二人、荷物を抱えて教室に入る。

「お前も大概、苦労性だな……」

聞こえるか聞こえないかの声で、黒田は呟いた。

その日、午後の総合学習の時間で、来週のクラス対抗球技大会のことが議題にあがった。大会といっても、クラス全体が必ず参加するのは二年までで、三年の場合、受験が最優先なので、有志だけが参加することになっていた。しかも、出られるのは一競技のみ、選抜メンバーだけ。

「じゃ、出るか出ないか、話し合うように。決まったら、この紙に詳細書いて、今日中に提出すること。委員長」

はい、と言って崎田が立ち上がった。崎田は今年もクラス委員長に選ばれていた。担任から紙を受け取り、戻ってくる崎田を、クラスメイトが取り囲む。担任は「決まったあとは自習！」とだけ言いおいて、教室を出る。とたんに、室内は騒がしくなった。

「出るだろ？　最後だしはっちゃけようぜ」

「どの競技にする？」

森尾はわいわいと賑《にぎ》わうクラスメイトの真ん中で、黙って聞いている崎田の横顔を見ていた。

——崎田は、平気なのだろうか。

不安で森尾の胸は騒ぎ、気分は重たかった。胃がきりきりと痛み、額に汗が浮かんできた。とうとう崎田の顔を見られなくなる。

頭の隅に、繰り返し見る悪夢がよぎる——。

……うだるような残暑の陽射《ひざ》し。やかましいセミの声。痛い、やめて、と泣いていた崎田……。

森尾が崎田を犯したのは、去年の今ごろ。球技大会の最中のことだった。

「おい、森尾！　お前出てくれるだろ⁉」

崎田を囲んでいた一人が呼びかけるのに、森尾はハッとして頭をあげた。クラスメイトが固まって、森尾のほうへ移動してくる。その中には崎田もいた。

「お前いれてバスケで出ようぜ。お前がいたら、いいとこいくだろ？」

「……俺はもう引退してるからアテにすんな」

暗に乗り気じゃないことを伝えたが、なにも知らないクラスメイトは「そう言うなよ」と笑った。

「まず森尾だろ、あと橋川《はしかわ》と村上《むらかみ》……」

森尾の返事をよそに、クラスの元バスケ部メンバーと、運動神経のいい生徒がスタメン候補にあがる。

「崎田はカメラ係な！」

一人が崎田の顔を覗きこんで、楽しそうに言った。

突然、鳩尾を殴られたような衝撃に襲われた。心臓がドクンと大きく跳ねあがる。カメラ係――。その言葉に、目眩がした。

去年も、崎田はカメラ係だった。運動神経が悪い崎田を競技に出したら負けになる。足手まといだからと、勝手にカメラ係を押しつけられた。あのときのことを崎田が思い出していたら？　そう思うと、森尾の手は震えた。

「崎田じゃなくていいだろ」

気がつくと、険のある声が出ていた。自分でも、思いがけないほど大きな声。

騒がしかった教室がシンとなり、みんなが一斉に森尾を振り返った。中心にいた崎田も少し驚いたように眼を見開いている。

「……べつに、カメラは崎田じゃなくてもいいだろ。一競技しか出られないんだし、スタメンは交替いれても十人いれば足りる。暇なヤツらはごろごろいるんだ」

「え……いや、そうだけどさ。べつに、崎田にメンドクサイこと押しつけるつもりで言ったんじゃないって。一緒に楽しもうって意味だろ。……なに怒ってんの？」

最初に崎田をカメラ係に推した生徒が、戸惑ったように森尾を見た。けれど、森尾はつい眼を逸らしていた。自分でも、自分が怖い顔をしていると分かる。

「楽しむ前に、そもそもカメラなんて面倒だろ。普段から雑用やってもらってんだ。球技大会でまで、こき使うなよ」

言い過ぎた自覚はあった。あたりは白けたような空気になり、山野が「なんか森尾、おかしくねえ？　なんで森尾が崎田のことに口出しすんの？」と、ごくまっとうなことを言った。

そうだ。おかしい。俺はおかしい、と森尾も分かっていた。

そもそも、崎田はおとなしいほうだ。クラス行事に自分からぐいぐいと乗りだしていくタイプではない。係かなにかで引きずりこまねば、応援席の隅で人に埋もれているだろう。一緒に楽しみたいから、カメラ係な、と言ったクラスメイトの真意は親切かもしれない。けれど――。

瞼《まぶた》の裏に浮かぶ、デジタルカメラ。森尾に押し倒された崎田の手から、床に転げ落ちていた。写真はまともに撮れていなくて、去年崎田は大村をはじめ、クラス中から文句を言われていた。

――写真一枚、ろくに撮れないのかよ。役に立たねーな。

じっとうつむき、その言葉に耐えていたときの崎田の指が、震えていたのを森尾は覚えている。ぎゅっと握りしめた拳の中で、力をこめられた指先が、白くなっていた。

――そいつが写真撮れなかったのは、俺が犯したからだよ。

とは、森尾は言わなかった。手助けは、一切してやらなかった。庇《かば》ってもやらなかった。

――なあ、森尾。球技大会の日、委員長としばらく抜けてなかった？　なにしてたんだよ。

あとになって軽く大村に訊かれたときも、森尾は「知らね」と言った。

――あいつと俺に、接点なんてねーだろ。

大村は媚《こ》びるような眼をして、ホッと息をついていた。そうだよな、お前があんなチビ、相手にするわけない――そんな言葉を聞きながら、あの当時の森尾は、本当に心の底から、崎田のことなど知らない、どうでもいいと、そう思っていた……。

不意に体の芯へ、ぞくりと悪寒が走った。吐き気がこみあげ、耐えられなくなって立ち上がると、

「おーい、勝手にスタメン入れておくぞ」

と誰かが言う。崎田が気遣わしげに見ている――その視線を背中に感じながら、森尾はどうしようもなくむしゃくしゃした。気持ちがコントロールできず、これ以上ここにいては突然自分がとんでもない悪態をつきそうで怖くなり、教室を出た。

といっても、自分が一体どんな悪態をつくのかは、想像がつかなかった。なぜなら森尾が悪態をつきたいのは、誰よりも自分に対してだったからだ。

――この、クズ。

そう言いたい相手は、自分なのだ。

「……森尾。起きてる？」

結局授業をさぼり、屋上で寝ていた森尾は、その声にハッと眼を覚ました。今日はよく晴れていて、直射日光を浴びると暑い。給水塔の陰に隠れて涼んでいたが、いつの間にか日が移ろい、森尾の足はじりじりと焼かれて熱くなっていた。

「……大会のこと、決まったのか？」

声をかけてきたのは崎田だった。手ぶらで森尾のそばに立ち、少し体を屈《かが》めている。気遣わしげな、心配そうな顔が見えた。森尾は身を起こしたものの、崎田を困らせたのは自分なのだと思うと情けなくて、つい眼を背けていた。

「うん、あらかた決まって、今先生に伝えてきたとこ」

森尾、スタメンに入ってたよ、と言われ、そっか、とだけ返す。森尾の隣に、崎田がちょこんと腰を下ろした。九月の、まだ熱い風が頰を撫でていく。グラウンドからは、体育の授業で使われる、教師のホイッスルが聞こえていた。

「……さっきの、庇ってくれたんだろ」

ややあって、ぽつりと崎田が言った。森尾は答えられずにうつむいたが、それは肯定と同じだった。

「俺、もう平気だよ。ほんと、昔のことあんまり思い出さなくなったし」

やがて崎田が、気を使ったように声のトーンを一段明るくする。それでも森尾は、まだ崎田の顔を見られずに、「いやじゃねーのかよ」と訊いていた。

「カメラ係……。去年と同じだろ」

「……」

感情を押し殺そうとして、やたらと低い声になった。見なくても、崎田の顔から笑みが引いていくのが気配だけで分かる。

「……でも、あのときのことは、相手が森尾だから」

小さな声で、崎田は言う。

「岸辺《きしべ》たちのことは、思い出すとまだ怖いけど……森尾は違う。……それに、森尾には理由があったわけだし。俺だってあのころ、態度悪かったし……」

崎田はあえてなのか、小さく声をたてて笑った。

（……理由があったら、レイプしていいわけじゃないだろ）

そのくらい、子どもでも分かる。崎田にだって分かっているはずなのに、それを言わないで許してくれているのは、森尾が「友だち」だからだ。

崎田の優しさが、重たく胸に落ちてくる。いっそ責められたほうが、楽な気さえする。

去年の今ごろ、崎田は担任の浦野《うらの》に脅されて、黒田が喫煙していたと嘘をついた。実際には喫煙していたわけではなく、喫煙者の後輩からタバコを取り上げただけだったが、崎田は浦野の言いなりに喫煙現場を見たことにさせられた。

そのせいで、黒田はほぼ決まっていた指定校推薦の話を取り消され、部活も一時謹慎になった。

森尾は噂だけを聞いて、勝手に腹を立てた。親友の黒田の家は父親が亡くなり、幼い弟妹がいて、家計が苦しく、大学は学費免除がとれなければ通えないと聞いていた。小学校から同じ学校に通っていて、崎田の家のことはぼんやりと知ってはいた。家の前も通ったことがあり、外観から窺《うかが》うに、金には困ってなさそうな、恵まれた家に見えた。そんな家の人間が、教師に媚びを売って黒田から未来を奪ったのかと、そう勘違いした。

けれど一年前の球技大会のあの日、教室で崎田を追い詰めたときには、まさか本当にレイプしようとまでは——思っていなかったのだ。

心の片隅に、腹が立ったから犯してやろう、くらいの考えはあった。

それでも明確に、それを計画していたわけではなかった。組み敷いて、いたぶって、気が晴れたらいい。大体、黒田は報復を望んでいない。ほんのちょっとの憂さ晴らし、その程度のつもりだった。

ならばなぜ、最後まで犯したのかというと、かなりあとになるまで森尾にはその理由が分からなかった。

けれど分かってみたら、とても身勝手で、そして単純なことだった。

組み敷いてみたら、崎田が思っていたよりずっと可愛く見えたのだ。

色白の肌や、少女めいた容姿、繊弱《せんじゃく》な体のどれも、一度も好みだったことはない。けれど涙ぐみ、怯《おび》える姿に、なぜだか勃《た》ってしまった。虐《しいた》げ、貫き、犯す対象として、ただ興奮した。

「森尾」

不意に隣から声をかけられ、森尾はぎくっと固まった。頭の中を崎田に読まれていたら、きっと軽蔑される……あるはずもないことなのに、怖くなる。

けれどその緊張をほぐすように、そっと伸びてきた崎田の手が、森尾の腕をさすった。

「ほら、俺は森尾に触れるよ。怖くない」

崎田の、高校三年の男にしては柔らかな手が、森尾の腕から肩を撫《な》で、やがて耳の下をくすぐって髪へも触れた。体を森尾のほうへ傾けて、崎田は頭をよしよしと撫でてくれた。

「な。俺は森尾が、怖くない」

もう忘れて、と言う崎田の顔を見た。眼が合うと、黒い瞳いっぱいに、森尾を心配する色が満ちていた。どれだけじっと見つめても、そこには憎しみなど、ひとかけらも見つからなかった。

崎田が動くたび、制服のシャツから洗濯石けんの香りが優しく漂ってくる。

ほのぼのとした家庭的なものと、長い間一人ぼっちでい続けた淋《さび》しさ。崎田のちっぽけな体には、まるで似つかないその二つの矛盾が同居していて、その矛盾が、内側から香るように崎田に色気を添えている。

去年この体を踏みつけにしたのは自分で、そうして、同じことをした男は他にもまだいる。……崎田を抱いたのは、自分だけではない。

そう思うと、腹の底に得体《えたい》の知れない熱い塊《かたまり》が、疼《うず》くような気がした。

「じゃあこれも、怖くない、か？」

俺はなにを言ってるんだろう、と思った。思いながら森尾は、気がつくと崎田の手首をとり、そっと引き寄せていた。細い手首からは、崎田の体温が伝わってくる。息がかかるほど顔が近づくと、崎田の頬がぱっと赤らんだ。

黒い瞳は潤み、緊張していたけれど、嫌悪は見えない。そのことにホッとする。

――お前は、ちょっとズレてるんだから。

嫌になるほど思い返してきた兄の言葉が、また頭の中に蘇《よみがえ》る。本当だ、俺は頭がおかしい――分かっていながら、衝動を止められなかった。森尾は崎田の唇に、自分のそれを押しつけていた。

口を開けて食《は》むと、崎田の唇は小さく、柔らかい。舌先で上唇をなぞれば、崎田の体からは、すぐに力が抜けていく。

「も、森尾……、ん」

細い腰を抱き寄せ、森尾は自分の足の上に、崎田の小さな尻を乗せるようにして抱いた。口の中へ舌をもぐらせ、くちゅくちゅと中を愛撫《あいぶ》する。崎田は真っ赤になって森尾の胸にしがみつき、「ん、ん、ふ」と可愛い声を漏らしている。

下腹部が熱くなり、中心が勃ってくるのが分かった。森尾は崎田に知られまいと、細い体を優しく押し倒し、啄《ついば》むようなキスをした。

シャツをはだけさせると、給水塔の陰で崎田の白い肌は桃色に染まっていた。

「……かわいい、な」

小さく呟き、乳首をこねる。崎田は「あ……んっ」と甘い声を出した。

嫌がっていない。嫌がられていない。ならもう少し、触ってもいいだろう。

自分勝手な欲望。けれど触れるかわりに、崎田が気持ちいいことしかしないと、森尾は決めていた。

恐ろしかっただろう強姦の数々を、忘れてほしい。セックスを心地いいものだと、知ってほしい。これはそのための行為だ。

半分言いわけしながら、舌先で乳首を転がし、崎田のズボンのベルトをはずす。

「も、森尾……ま、待って……」

「抜くだけ……もう、勃ってる。苦しいだろ？」

自分のものに比べると、小ぶりで幼げな崎田の性器を、森尾は下着から取り出した。

「あ……っ、あ」

乳首を舌先でねぶりながら、性器を上下にしごく。崎田は内股を震わせて喘《あえ》いだ。森尾のものも、ズボンの下ではち切れそうなほど膨らんでいる。けれどそれはあえて無視した。

崎田がぎゅっと爪先を丸める。森尾は小ぶりながら精一杯屹立《きつりつ》しているいじらしい性を、ぱくりと口に飲みこんだ。

「も、森尾……っ、あっ、あっ」

裏筋を舐《な》めあげながら、ずずっときつくしゃぶった。鈴口に優しく歯をあて、蟻《あり》の戸渡りを空いている指でぎゅっと押す。崎田は中も弱い。こうすると前立腺が刺激される。

とたんに、「あ、あ、あー……っ」と声をあげて、崎田は達した。

口の中に溢《あふ》れた白濁を、森尾は残らず咀嚼《そしゃく》する。苦いはずのものも、崎田の出したものだと甘く感じた。

「……も、森尾、ご、ごめん、き、汚いのに」

口を性器から離すと、崎田は涙ぐんでいた。上気した頬に、潤んだ眼。乱れた髪、シャツから覗《のぞ》く鴇色《ときいろ》の乳首。どれも扇情的で、森尾はごくりと喉を鳴らした。組み伏せて、後ろをほぐして、中にいれたい。

崎田を貫きたい。前後から揺さぶって、泣かせてやりたい――。

一瞬湧き上がってきた情欲を、森尾はぐっと抑えこんだ。

「俺が勝手にやったんだろ」

ごめんな、と小さな声で謝りながら、森尾は崎田の性器を持っていたティッシュで拭《ふ》いて、ちゃんとズボンの中にしまってやった。シャツのボタンも、もう一度かけてやり、乱れた髪を手櫛《てぐし》で整える。

「……その、森尾は今日も、しなくて、いいの？」

言いにくそうに、崎田が森尾の下腹部を一瞥《いちべつ》した。ズボン越しにも分かるほど、そこは大きくなっていた。

「いいって。俺が勝手にこうなってるんだから……」

森尾は決まり悪く言ったが、崎田は「でも」と食い下がってきた。赤らんだままの顔で、しどろもどろに「いつも」と続ける。

「いつも、俺ばっかり……悪いから、も、森尾にも気持ちよくなってもらいたいんだけど……」

慣れない言葉を選び選び言う崎田に、悪気などあるはずがない。それなのに、下腹部についたままの火が消えていないからか、突然、森尾の内側に激しい感情が突き上げてきた。

――なんでそういうことが、言えるんだ。

身勝手な感情。我が侭《わがまま》な考え。分かっているけれど、崎田のことがほんの一瞬、とてつもなく憎らしく思えた。

（お前を好きだって言ってる男に、こんなに簡単に触らせて……それでなんで、そういうことが言える？　お前は、俺を好きじゃないのに……）

「……じゃあ俺が入れさせてって言ったら、突っこませてくれるわけか？」

気がつくと、低く、威圧的な声が出ていた。崎田がびくりと震えるのを見て、森尾は自己嫌悪に、つい舌打ちしていた。

バカは俺だ、と思う。

同時に、すぐさま「いいよ」と言ってはくれない崎田に失望する。身勝手だと分かっていながら、受け入れられたい気持ちがあるから傷つき、その傷が怒りになって、余計なことを口走る。「そんなだから」と、森尾は続けていた。

「レイプした俺にまで、いいようにつけこまれるんだろ」

――お前がそんなだから……。

「俺は、お前を犯したんだろ……」

吐き出すように言ったあと、眼の前の崎田が震えているのに気付いた。大きな瞳が、泣きだしそうに潤み、眼の端が赤くなっていた。一瞬にして後悔が押し寄せ、森尾は横面を思い切り殴られたようなショックを受けて息を呑んだ。全身が、氷のように冷えていく気がする。

「ごめん」

怒りは消え、急いで謝った声はみっともないほど焦っている。崎田の長い睫毛に、大粒の涙が引っかかった。

「ううん」

そう言ってはくれたが、崎田が頭を横に振ったとたん、涙がこぼれ落ちた。崎田は声もなく、その涙を手の甲で拭った。

「ううん。ごめん。……気持ち悪いこと言った」

気持ち悪いこと？

森尾には崎田が、一体なぜそう言うのか、まったく意味が分からなくて困惑した。なぜ、なにを、どうして気持ち悪いと崎田は言っているのだろう。

「森尾は俺と、セックスしたいわけじゃないのに……」

（は……？）

どこをどうすれば、そんな解釈に行き着くのか。

崎田の気持ちが分からずに森尾は固まった。崎田は鼻をすすり、涙を拭くと「俺、先に戻ってるな！」と顔をあげた。そうして、笑みを浮かべて立ち上がり、走って階段を下りていってしまった。

（……最悪だ）

気がつけば、股間の熱は去っていた。思わずその場にうなだれ、大きなため息をついて、森尾は頭を抱えこんだ。自己嫌悪、罪悪感、葛藤、そして困惑。

崎田の気持ちが分からない。一度は告白した男が手を出しているのだから、普通ならセックスしたいから、まだ好きだからに決まっている。なのに、どうして崎田は森尾がしたくないなんて思うのだろう。かといって、強姦した自分からさせてくれなどと、言えるわけがない。

しばらく頭を抱えた末、気がつくと、

「……なんだって抵抗、しねえんだろうなあ」

ぽつりと本音がもれていた。

去年のこの時期、最初に犯したときのように、崎田はどうして抵抗しないのだろう？

いやだ、やめてと泣いてくれれば、今度は自分はやめられる。

崎田は他に好きな男がいるはずだ。それなのに、森尾の暴挙を拒まないのは同情だろうか？

我慢ができずに触っても、崎田からはただの一度も拒まれたことがなかった。

森尾には、崎田の気持ちはまるで分からなかった。

自分とは正反対の、崎田の心。小さな体や淋しさに慣れた心が、なにをどう捉えているのか、いくら想像しても、分からない。

（……まるで、俺たちは違う生き物みたいだ……）

同じ言葉で話しているのに、もはや細胞レベルで、違う生き物のように感じる。

(崎田には、俺じゃないほうがいいんだよな……)

たぶん、崎田の気持ちがもっと分かる人間のほうが相応《ふさわ》しい。

(俺が崎田に相応しくなる方法って、あるのかな……)

ぼんやりと自己嫌悪にひたっていると、背後でなにやら、物音がした。人の気配を感じ、崎田が戻ってきたかと階段のほうを振り返ったが、誰もいない。

「……戻るか」

一人呟き、立ち上がって空を見る。夏の終わりの入道雲が、青い空に真っ白く浮かんでいたが、森尾の心は晴れなかった。

四

翌週の水曜、晩夏の熱い陽射しがじりじりと街を焦がす中、クラス対抗の球技大会が開かれた。

朝礼のあと、一、二年は競技ごとに散らばっていったが、三年は各クラスの有志が集まって好きな競技に参加するだけなので、大抵はバスケット、バレー、卓球などに競技が集中していた。少人数・短時間でプレーできるからだ。

森尾《もりお》のクラスは交替要員を含め、十人がバスケット競技に参加することになった。

残りのクラスメイトは一応、名目上は自習することになっているが、教室に残る者はなく、体育館の応援席で好きに応援していた。

出番待ちの森尾が声のするほうを振り返ると、カメラの準備をしている崎田《さきた》が見えた。時々、隣にいる山野《やまの》と二人、なにやら話して笑っている。

本当に平気そうだ。去年の事件を気にしてはいない様子だと、森尾はホッとしながらも、内心では複雑だった。

（……結局俺は、忘れられる程度の存在ってことか？）

だから崎田は、森尾が強引に迫れば触らせてくれるのだろうか？　先日、屋上で触れたあとも、崎田は今までどおり態度を変えなかった。謝ろうか、弁解しようかと悩んでいた森尾もなにも言えなくなり、まるでなかったことのようになっている。崎田が森尾の身勝手な振る舞いや、傲慢な言葉に触れないのは、結局のところ大したことだと思われていないからではないか……。そう思って、森尾は落胆した。

だが、いくら考えても分かるわけがない。雑念を振り払おうと、森尾は試合に打ち込むことにした。

そのおかげか、クラスは順調に勝ち進み、準々決勝で一年八組とあたることになった。

「え、お前んとこ、臼井《うすい》のクラスとあたんの？」

準々決勝は昼休みのあとだ。体育館のすぐ外でクラスメイト数人で固まって、森尾は昼食をとった。崎田は森尾の隣に座っていたが、今は山野と喋《しゃべ》っている。

そこへ、食事を終えたらしい黒田《くろだ》が来て、森尾に話しかけた。黒田のクラスも準々決勝に駒を進めていた。

「次、臼井のクラスとあたるだろ。あいつは手ごわいぞ、かなり粘ってくるからな。剝《は》がすのが大変だ」

黒田が、そう教えてくれた。

臼井とは引退までの三ヶ月弱部活がかぶっただけなので、能力はあまり知らない。ただ何度かやった対抗試合では、ディフェンス型のプレイヤーで、マークされるとなかなかボールを持たせてもらえなかった記憶がある。

「期待の新人が相手か？　森尾勝てるのかよ」

盗み聞きしていたらしい山野が、崎田の横から身を乗りだして森尾をからかう。それに崎田が、屈託のない笑みを見せ、「勝てるよ」とあっさり言った。思いがけない言葉に、腹の底が熱くなった。

好きな相手に信じてもらえて、それだけでやる気が出るなんて――我ながら単純だが、仕方なかった。嬉しい気持ちが顔に出ていたのだろう、黒田は小さく笑い、森尾の腕を小突いた。

「勝ち上がれよ。で、俺と対決しようぜ」

黒田はふと声をひそめ、「臼井には負けたくないだろ」とつけ足した。

当然だ、と森尾は思う。臼井は崎田が好きなのだから、いくら既に森尾がフラれているとはいっても――絶対に負けたくはなかった。

昼休みが終わってすぐ、臼井のクラスとの試合が始まった。試合開始前、臼井は森尾に握手を求めてきた。

「今日は、点入れさせないんで。負けるつもり、ありません」

臼井の眼にはなにかギラギラとした、攻撃的な光が宿っていた。

臼井がちらりと応援席の崎田を見たのを、森尾は見逃さなかった。その行動に、はっきりと臼井の対抗心を感じた。

（……俺に喧嘩《けんか》売ってやがる）

腹の底から、部活を引退してしばらく忘れていた闘争心のようなものが湧き上がる。

「俺も負ける気はない」

森尾は臼井の手を、痛いほど強く握り返した。

試合が始まると、センターサークルにジャンパーが立ち、ホイッスルが鳴った。ボールが飛び、最初のチャンスボールがコートに弾きだされる。

ゲームは我慢試合になった。攻撃の要《かなめ》になったのは、やはり森尾と臼井で、二人だけレベルが違うせいで、ほとんどワンオンワンのような形になった。

臼井の粘りは想像以上に凄《すさ》まじかった。インターハイでも森尾はかなりいいところまで進んだ経験を持つが、そのときでさえこれほど激しいマークがあったか分からない。

森尾が攻めに入ると、すぐさま臼井が張りついてくる。パスもドリブルも、なかなか通らない。結局、互いに十数点とりあい、最終クォーターを迎えた。

「森尾、汗すげーぞ。やっぱあの一年、マークえぐいな」

最終クォーター直前の休憩で水分補給していると、同じチームの橋川《はしかわ》が自分も息を乱しながら言った。臼井のきついマークに付き合って、森尾は全身汗みずくになっており、背中にはTシャツがはりついていた。応援席をちらりと見ると、息を呑むようにして試合の経過を見守っている崎田の視線がある。

「お前、個人的に恨まれてねえ？　なんかあの一年、お前を見る眼が怖いっていうか」

声をひそめて言う橋川に、森尾は「べつに……」と答えたが、顔をあげて隣のベンチを見ると、臼井と眼が合った。臼井はスポーツドリンクを飲みながら、じっと森尾を睨みつけていた。

（なんだよ）

思わず舌打ちが漏れる。橋川が驚いた顔をしたが、森尾はむしゃくしゃしていたので無視した。言いようのない苛立《いらだ》ちが、臼井に対して湧いてくる。

（恨みたいのはこっちだ。お前のほうが……よっぽど、マシだろうがよ）

――俺と付き合ったら、先輩、きっと俺のこと好きになると思います。

森尾の脳裏には、思い出すのも嫌な、あの夏の夕暮れが浮かんでくる。夏休みに入る少し前の放課後、人気《ひとけ》のない中庭で臼井が崎田に告白していたのを、森尾はたまたま見てしまった。

空が赤く燃え、校舎の影が黒々と落ちる中で、臼井は崎田に想いを告げていた。断られても、後悔させないから自分を選べ、付き合えば好きになると、強気に食い下がっていた。

そのとき森尾になにができたかというと、なにひとつできなかった。

逃げ出すようにその場を去り、一人でただ悔しさと闘ったのだ。

（……後悔させないなんて）

自分には言う資格がない、とそのとき思った。かつて崎田をどん底まで突き落とした張本人が、どの口で言えるのだろう。

森尾が崎田に告白できたのは、あとにも先にも去年の秋の、たった一回限りだった。どさくさに紛れるようにした、二度目のセックスのあと、泣いている崎田に決死の思いで伝えた。けれどそれは受け入れてもらえなかったから、森尾は崎田を諦めるしかないのだ。

あれは一生に一度しか言えない「好き」だった。

もう、二度とは言えない。伝えても、崎田を困らせるだけだと分かっている。

森尾と違い、臼井にはまだチャンスがある。実際、過剰なほど崎田にメールだって送っているようだし、諦めるつもりなどないのだろう。すじ違いと分かりながら、森尾はそれが羨ましかった。

（俺は、崎田がお前を選んだら……諦めるしかない）

どんなに相手が気に入らなくても、崎田が誰かと付き合うのなら――森尾はそれを、黙って祝福するしかない。

「橋川」

額の汗を拭き、森尾は隣の橋川に声をかけた。

「勝つぞ」

最終クォーターのホイッスルが鳴る。

コートに入ると、すぐに臼井のマークがつく。くそったれ、と思いながら、なんとかボールを繋いで点をとったが、すぐに追いつかれ、一点リードされる。

(なんとかしてもう二点……)

応援席にいる崎田を横目に見ると、写真を撮るのも忘れて緊張した面持ちをしていた。

「気になります？　崎田先輩のこと」

不意に、眼前に張りついていた臼井が訊いてきた。生意気そうな顔に、バカにするような笑みが浮かんでいる。

「あんたのことなんて、応援してないと思いますよ」

森尾の腹の底に、かっと火がついた。

ボールが相手ゴールのリングにあたって戻り、それを味方が弾く。森尾は一瞬の隙を突いて臼井をかわし、ボールに飛びついた。

「そのくらいで抜けると思うなよ……っ」

自由になれたのはほんの数秒、すぐ後ろにもう臼井がいた。

けれど森尾は速攻をかけると見せかけて、反対側に走りだしていた味方へ正確なロングパスを出した——。

動きは滑らか。

自分でさえ、これがフェイントとは感じさせない完璧な動きだ。ぎくりと固まった臼井の脇をかすめるように走り抜け、ゴール前の味方のもとへ走る。ボールを手にした味方は、森尾を見ると吸い寄せられるようにパスをくれた。

一度手放したボールが手中に戻ってくる。森尾は瞬時にジャンプシュートの姿勢をとり、そのまま伸び上がって、ボールを打った。

体の芯に、すうっと風が通った。不思議な爽快感。これは決まると、はっきり分かった。シュートが入るときは、その前に体がそれを理解する。ボールはなだらかな稜線《りようせん》を描いてリングに入った。その瞬間、試合終了のベルが鳴った。ブザービーターだ。——一瞬の沈黙。

それから、激しい歓声があがった。

「森尾！　男前！」

最後のパスを出してくれた味方が、後ろから飛びついてくる。

汗まみれのチームメイトが走り寄ってきて、その上にさらに飛び乗られ、前方からも抱きつかれ、ぐちゃぐちゃにされながら森尾は応援席を見た。崎田が嬉しそうに大きく手を振っていた。森尾の唇にも、自然と素直な笑みがこぼれた。

　審判員の声がクラスの勝利を告げた。チームメイトとくんずほぐれつしながら応援席に行くと、崎田が駆け寄ってきてくれた。両腕を広げて迎えたい気分をぐっと抑えたら、別のチームメイトが崎田をぎゅうと抱きしめて、汗臭い体を擂《す》り寄せたので、森尾はムッとした。けれど、

「森尾、すごかった、森尾。俺、感動した」

　よほど興奮しているのか、クラスメイトにじゃれつかれながらも崎田が嬉しそうに言うので、森尾はまあいいか、と思った。

　そのときふと、首筋に熱い視線を感じた。うなじが焼けるような気さえして、振り向く。森尾を見ていたのは、臼井だった。それはなぜか、ぞっとする瞬間だった。

　——たかが十六のガキが、こんな眼をするか？

　一瞬、森尾はそう思った。

　臼井の眼にはとても数ヶ月やそこらの怨恨《えんこん》、恋敵に対するだけのものとは思えない、憎悪、薄暗い殺気を感じた。

　けれど眼が合うと、臼井は背を向けてクラスメイトのほうへ歩いていった。

「なんか、やな感じだな」

いつの間にか隣に立っていた黒田が、小さな声で呟いた。これから試合の黒田は手首のリストバンドを確かめながら、臼井の背を見ている。

「プライドは高いヤツだけど……あれは、普通の恨みじゃなさそうだぞ。お前、なんかやったか？」

訊かれたけれど、森尾にはなにも思いあたらなかった。ただ頭の隅で、本能とも直感ともいえる部分が、不穏な気配を感じていた。

「あっ、電池が切れてる！」

崎田がそう叫んだのは、黒田のクラスの試合が始まり、森尾たちのクラスが二階の狭い見物スペースに移ってからすぐのことだった。カメラ係なので、デジタルカメラを持っていた崎田は、電池残量がもうないことに気付いたらしい。

ちょうど、周りに男子が群がり、撮った写真を回し見ているところだった。

「俺ちょっと、教室戻ってくる。替えの電池置いてあるから」

崎田が言ったので、森尾は、

「一緒に行こうか？」

と、申し出た。けれど、崎田には大丈夫、と断られた。

「森尾は試合した直後なんだから休んでてよ」

いや、一緒に行きたいだけなのだが、とは思ったが、山野が自分も用があるから戻ると言いだした。

（山野がいるなら、大丈夫か……）

去年のことがあったので心配だったが、崎田は本当に平気そうで、クラスの勝利にはしゃいでさえいたので、二人の背中を見送りながら、森尾はついていくのをやめた。

崎田と山野が行ってしまうと、森尾の隣がぽっかりと空いた。

階下の試合では黒田が一方的に点をとっており、相手クラスはもうやる気を失っている。次の試合では黒田とあたる。楽できそうにないなと苦笑していると、ふと隣に、誰かの立つ気配があった。

「よう。久しぶりだな」

顔をあげると、隣に立っていたのは大村《おおむら》だった。

試合には参加していないらしく、制服のままだ。茶色く染めたやや長めの髪の下、気が強そうな顔が覗いている。明るい色の眼には、薄暗く荒《すさ》んだ色がある。

素っ気なく「ああ」とだけ返すと、大村は皮肉な笑みを貼りつけたまま、きょろきょろと周りを見回した。

「金魚のフンの、崎田ちゃんはいないの？」

「……崎田が俺の金魚のフンなんじゃなくて、俺が崎田の金魚のフンなんだよ」

言い返すと、大村は笑みを消してしかめ面になった。切れ長の吊《つ》り眼には、嫌悪感が浮かんでいる。

「相変わらず腑抜《ふぬ》けたまんまか。あんなチビのどこがいいんだか」

あんなやつ、好みじゃなかったろ。大村は、ボソ、と呟いた。

そうだな、と心の中だけで返す。本当は、見た目だけなら大村のほうが森尾の好みだった。それなりに背が高く、細く引きしまったしなやかな体。性悪そうに整った顔立ち。

「崎田の文句言いにきたなら消えろよ。それ以上言ったら容赦しない」

それだけ言って顔を背けると、大村は冷笑し、

「お優しいね、王子様は」

と、隣の空いた場所に腰を下ろした。森尾は思わず大村を睨みつけていた。崎田が戻ってくる前に、ここから去ってほしいと思う。

「用があるならさっさと言え」

「べつにぃ？　用ってほどじゃないけど」

わざと間延びした口調で、大村は長めの横髪を指先で弄《もてあそ》んでいる。しばし沈黙したあと、

「俺さあ。前からずっと、気になってんだけど」と、独り言のようにつけ足した。

「――去年の大会のとき。森尾、ほんとは崎田のこと、抱いたろ」

ストレートな質問に、ほんの数秒、森尾は息を止めた。心臓が大きく鼓動したが、一方でとうとうきたか、とも思った。

大村には去年も一度、同じことを訊かれたことがある。疑われていたのは知っている。平静な態度は崩さずに、視線だけ向けると、大村は黒田の試合へ眼を向けたまま、「あの日」と続けた。

「戻ってきたお前から、甘い匂いがした。ほんのちょっとだけど。……前に崎田とすれ違ったときに、あいつからした髪の匂いと一緒だった」

――戻ってきたときのお前、妙な汗かいてたし。崎田は翌日休んだろ。そのあと登校してきたときには、具合悪そうだった。それにお前のこと、意識してるように見えたから。

大村は淡々と話す。

「ずっと疑ってたんだよな。……あのときからお前も、崎田のこと、意識しはじめてたし」

「そうだっけ」

森尾はとぼけたが、本当にあまり覚えていなかった。

あのとき、それまでクラスの中にいる興味のない一人でしかなかった崎田が、強姦した相手に変わったのはたしかだ。けれど森尾は、犯した直後も崎田に無関心だった。初めてはっきりと崎田を意識したのは、浦野《うらの》との事件が公になってからだ。

浦野と何度も寝ていた、というデマを聞いて、おかしいと思った。

――俺が抱いたとき、あいつは初めてだった。

周りが崎田を淫乱だと騒ぐ裏で、そんなはずはないと違和感を持った。浦野に脅されて、押し倒されたのではないか？　もしかして、黒田の喫煙を密告したのも、浦野に無理矢理《むりやり》脅迫されたからでは？

ふと、そう思い至ったからだ。

もしそうなら自分は、大して罪のない同級生を、血が出るのも構わずに、手ひどく抱いたということになる……。

足もとから忍び寄ってくる罪悪感。それを打ち消したくて、森尾は崎田を観察し始めた。崎田には落ち度があるはずだと思いたかったからだ。もっともそうして見ているうちに、その危うさと、淋しげな様子から眼が離せなくなり、好きになっていた。

「……お前は都合の悪いこと、なかったことにするよな」

大村は、どうしてだか自虐するように小さく嗤《わら》った。

やがて立ち上がり、「悪者は、お望みどおり消えてやるよ」と去っていった。大村は二階席を降り、体育館を出ていく。

崎田が戻る前に消えてくれたことに安堵し、森尾は大村の言葉の意味など深く考えはしなかった。

けれど第三クォーター終了のホイッスルを聞いたころ、心配になってきた。

(崎田……ずいぶん遅くないか?)

崎田と山野が出ていって、もう三十分近くが経っている。

試合は終わりに近づき、黒田のクラスが圧倒的な点数をとっていた。

教室から体育館までの距離は十分もかからない。電池を持ってくるだけでこれほど時間がかかるはずはないから、たぶん、山野と寄り道しているのだろう。

(山野となら……間違いなんておきるはずないよな)

それでも落ち着かずにいると、最終クォーター開始の合図が鳴るころ、応援席に山野が戻ってきた。なぜか山野は一人だ。一緒に行ったはずの崎田がいない。

「山野、崎田は?」

「え? まだ戻ってねーの?」

ちょうど空いたところに座ろうとしていた山野が、きょとんと眼を丸くした。

「俺、便所行きたかったから崎田に先に戻るよう言ったんだけど。どっか遠回りしてんかな?」

山野は呑気だったが、森尾は心臓を摑《つか》まれたように、不安を覚えた。

なぜかは分からない。勘だとしか言えなかった。

「森尾? どうしたんだよ」

いきなり走りだした森尾に、山野がびっくりして声をあげる。けれど森尾は、それには振り返らなかった。

体育館を飛びだすと、強い陽射しのせいで一瞬視界が白く染まった。やがて、耳に突き刺さるようなセミの声が聞こえ、それにも森尾は焦りを覚えた。

あの日もこんな天気だった。

体中が汗まみれになるほど暑くて、セミの声がうるさかった。

饐《す》えた精液の匂いが、急に思い出される。同時に、瞼の裏によぎったのは、崎田の細い足と、その間から溢れていた森尾の精液と、崎田の血。

森尾は走りながら、山野が通らなかっただろうルートを瞬時に割りだし、三年の教室棟正面入り口へ急いだ。

中に入ると棟内は不気味なほど静まり返り、人気がなかった。みんな大会を見にいっているからだろう。階段を駆け上がった二階、長く伸びた廊下と、ずらっと並ぶ教室にも、やはり誰もいなかった。ただ、森尾の足音だけがあたりに響いている。

(考えすぎ……考えすぎなら)

それならいいのだ。あとで自分を嗤えばいいだけ。

頭の隅で、森尾はそう思いこもうとしていた。こんなことはただの杞憂《きゆう》にすぎない。きっとすぐに元気な顔の崎田が、教室から顔を出すはず。

電池を探すのに手間どっちゃって、とでも言って笑うはず。

きっとそうだ。悪いことなど、もう起こるはずはない――。

けれど長い廊下の、角を曲がった瞬間だった。

頭の中に、氷を流し込まれたような冷たい衝撃を受ける。

廊下の先で、崎田が倒れていた。

「崎田！」

無我夢中で走り寄ると、森尾は異臭に息を止めた。

崎田は頭を、黄色い吐瀉物《としゃぶつ》の中に埋めていた。あたりにはひどい悪臭が漂っている。森尾はショックを受けたが、躊躇《ためら》いを振り切って駆け寄った。

「崎田、しっかりしろ！」

汚れた頭を抱え起こした。汚物が、手にも腕にもべちゃべちゃとついた。崎田は真っ赤に潤んだ眼で、森尾を見た。半分閉じたその瞳には怯えが宿り、涙がいっぱいに溜《た》まっていた。

「もり、もりお……」

しわがれた声。

崎田に意識があったことに、森尾はホッとした。

一瞬事態が摑めないかのように黙りこんだ崎田は、ややあって体を起こした。

「だ、駄目だ、俺、汚い……っ」

「ばか、平気だ！」

離れようとした崎田を無理矢理引き寄せる。饐えた匂いが、崎田の口からも臭っている。これは崎田が吐いたものだ。消化しきれていない、崎田の母親手作りのおかずが、吐瀉物の中にどろりと混ざっていた。

崎田は真っ青で、細い体が小刻みに震えていた。

「なにがあった……？　いや、なんでもいい。あとで訊く。とにかく保健室へ行こう」

崎田は汚れた自分の頭部を遠ざけようと変な体勢をとる。森尾はわざと、崎田の頭部を自分のシャツに押しつけた。

「……もりお、汚れる、よ」

「いいよ」

「……汚いよ、俺……」

崎田は子どものように、しくしくと泣きだした。その様子に胸が引き裂かれたような痛みを覚える。けれどそれも押しのけて、森尾は急いで、崎田を抱き上げた。

廊下の端にデジタルカメラが落ちていたが、それも無視して、ひとまずは保健室に向かう。苦い気持ちがこみあげてくる。

やっぱり、ついていけばよかった——。けれど後悔したところでどうしようもない。森

尾は唇を噛みしめると、泣いている崎田にはなにも訊かずに、階段を下りていった。


保健室に着くと、中年の養護教諭は森尾と崎田を見て大慌てになった。

「とりあえずきれいにしなきゃ。着がえも貸すから、二人ともシャワー使って」

特別に、宿直室に設《しつら》えられたシャワールームを借りられたので、先に崎田が、そのあとで森尾がシャワーを浴びた。

森尾が貸し出し用のジャージを着て出ると、崎田の姿は室内に見あたらなかった。

「ベッドで寝かせてるわ。微熱だけど……崎田くんは体が弱いからね」

養護教諭は心配そうに、カーテンのひかれたベッドのほうを指さした。

「……俺、廊下を片づけてきます。放ってきちゃったんで」

小さな声で言うと、「私がやるわ」と養護教諭が申し出てくれた。

「職員室に残ってる先生にも手伝ってもらうから。それより崎田くんが心細いだろうから、ついててあげて」

忙《せわ》しなく言って、養護教諭が出ていく。時計を見るともう次の試合が始まる直前だった。

不意にポケットでスマートフォンが鳴ったので、森尾は保健室を出て廊下で受けた。着信は黒田からだった。

『おい。俺たちとお前んとこの試合始まるぞ。お前のクラスメイトが探してるけど』

『森尾！　どこでなにしてんだよ！』

黒田の後ろから、誰かの怒鳴り声が聞こえた。

「……悪い、崎田が具合悪くして、倒れてる」

『……』

声を落として言うと、黒田は黙った。内容を聞かれないためにか、移動してくれたらしい。怒鳴り声は聞こえなくなった。

「ちょっと離れられそうにないから、悪いけど、交替のヤツ出すよう頼んどいてくれ」

『了解、こっちは心配すんな』

たぶん、みんなから森尾はどうした、崎田はどこにいったと責められることになるだろうに、黒田は気前よく応じてくれた。その友情に感謝する。

通話を切り、森尾はそっと保健室に戻った。カーテンのそばに寄ると、中からすすり泣く崎田の声がした。

入っていいのか、悪いのか――戸惑いながらゆっくりとカーテンを開く。ベッドの上で掛け布団をかぶって丸まり、崎田はかわいそうなほど震えていた。

「崎田」

躊躇《ためら》いながらそっと呼び、ゆっくりと手を伸ばす。

布団の先から飛び出ている、洗ったばかりの湿った髪に触れると、崎田は一瞬息を詰めたようにびくりと震えたが、森尾の手は拒まなかった。

「……ごめん」

くぐもった声が、布団の中から聞こえてきた。涙でかすれた声。布団を摑んでいる手がカタカタと小刻みに揺れている。森尾の胸に、苦い気持ちと痛みが再びこみ上げてくる。謝らなくていい、と思う。

（……俺がついていけば良かったんだ。なのに）

けれど言ったところで、どうしようもないことだった。森尾は崎田の傍らに、椅子を引き寄せて座った。

なにがあったと訊きたかったが、さすがに今問いただすのは躊躇われた。崎田は明らかに傷ついている。心配で、不安で、真相を知りたかったが、聞かれたくないかもしれないと思うと、言葉に迷う。どうしていいか、分からなかった。

と、丸まっていた崎田が、布団の中から小さな声で言った。

「……べつになんにも、なかったんだ」

鼻をすすり、崎田はぽつりと呟いた。

「ただ……、岸辺《きしべ》たちが、いたんだ。体育館に戻る途中、廊下で、ばったり会って」

崎田の口から「岸辺」の名前が出たとたんに、森尾は息を呑んでいた。

去年、崎田を輪姦していた男の名前だ。いかにも不良という感じの三人連れで、彼らは崎田を犯していた。森尾はその現場を見た――。

大柄な男たちに囲まれ、押さえつけられて、死人のように青ざめて震えていた崎田の姿。それは明らかな暴力の現場で、その残虐な光景に森尾は激しい怒りを覚えた。眼にした瞬間、森尾は岸辺たちに飛びかかり、殴っていた。それが去年の秋口のことだ。

「……なにか、されたか?」

訊いた声が思わず震えた。森尾はこみ上げてくる激情を抑えこんで、ぐっと拳を握りしめた。怒るな、冷静でいろ、ともう一人の自分が心の中で声をあげる。

「物陰に――連れていかれそうになった」

森尾はごくりと息を呑んだ。額に、冷たい汗がにじんでくる。

もしも崎田が、また犯されていたら。

(あいつら全員、殺そう)

どす黒い殺意が湧き上がり、全身がぶるっと震えた。その気持ちは本心だった。

殺そう。

崎田になにかしていたら、全員殺そう。

そう思う。

「……でも、途中で俺が気持ち悪くなって、吐いちゃって。そしたら、汚ねぇって言われて、あそこに突き飛ばされて……で、いなくなってくれた」

だから、なにもなかったんだ。そう続けた崎田の声が、涙にくぐもった。

「なのに、俺……情けなくて……なにもされてないのに、吐いて、倒れて……俺」

「お前が、悪いんじゃないだろ」

それ以上言わせたくなくて、遮るように口にする。丸くなった背中が、布団越しにも震えているのが分かった。かわいそうで、見ていられなくて、咄嗟《とっさ》に腰を浮かせてベッドに座り、森尾はその背を布団の上からさすった。

「悪いのは、岸辺たちだ。岸辺たちや、大村や浦野や、それから……それから、俺、俺が……俺が悪い――」

そう、悪いのは誰より自分だ。一番残酷なのも、一番殺されるべきなのも、そして一番森尾が殺したいのも、全部自分だ……。

どうしても自分を許せない。強い怒りが己に対してこみあげてくると、同時に激しい後悔が、津波のように押し寄せてくる。鼻の奥に冷たい痺れが走る。だめだ。そう思うのに、胸が焼かれたように痛み、我慢できず、森尾の眼からも熱いものがこぼれ落ちていた。

嗚咽が漏れ、森尾は眼をつむって顔をうつむけた。

「……森尾」

崎田が体を起こす気配があった。

崎田に顔を見られないようにうつむいたまま、森尾は歯を食いしばった。けれど効果などなかった。涙は止まらず、閉じた瞼の下から、次から次へと溢れて、鼻の横を流れ落ちる。

「……俺が——お前を最初に……犯したから……だから」

吐き出す声が涙にしわがれ、それはまるで硬い石のように、喉に詰まった。

森尾は覚えている。崎田を犯したときの昏《くら》い興奮も、自分の中にあった残虐な気持ちも。

——次の日、崎田が自殺しても平気だった。

崎田の心も、体も、命も踏みにじり、傷つけてもいいと思っていた。あの、化け物じみた冷酷さを、森尾は今でもはっきりと思い出せる。あんな酷薄な感情が、自分の内側にある。そのことがひたすら恐ろしく、汚く、嫌らしく思える……。

誰かを愛したり、愛されたりするような価値など、自分にはないと思う。己のうちにある冷たさに気付くことはできても、それがなくなったとは思えない。苦しむ崎田を見ていると、許されてはいけないと思い知る。

そのとき崎田がそっと、森尾の頭に手をかけた。そのまま胸に抱き寄せられ、森尾は眼を見開いた。泣《な》き濡《ぬ》れた視界に、崎田のジャージの胸元が映る。崎田の胸に押しあてた耳へ、小さな心音が、とくとくと聞こえてきた。

「森尾のせいじゃないよ。森尾は関係ない。岸辺たちのことは、俺の問題だよ……」

——違う。俺のせいなんだ。

初めに俺が、お前を傷つけた。傷ついたお前の血の匂いに惹《ひ》かれたハイエナみたいに、浦野や岸辺たちは、崎田に手を出した……。

上手く説明がつかないけれど、人生には、そういうことがある気がする。一度でも躓いて、人生の落とし穴のようなところにたまたまはまってしまうと、なかなか抜け出せない。悪いことが、なぜか続く。

たった十八年しか生きていない森尾に、人生のなにが分かるわけでもないけれど、崎田が次々と不運に襲われたのは、最初に自分が躓かせたからだと感じてしまう。

たとえどれほど弁解し、謝っても、懺悔《ざんげ》をしても、後悔しても、崎田は森尾のせいじゃないよと言って、許してくれるだろう。

だとしても、崎田が一生、犯されたことを忘れられないだろうこともまた、森尾には分かっていた。

人より弱い体と、ハンデを抱え、友だちすらいなかった崎田。優しい両親を愛し、愛されている普通の子。努力家で、なのに頑張ってもできないことが多く、そんな自分に傷ついてきた崎田。それでも、放課後一人で居残りして掃除していたような、きまじめな崎田。

教室の隅、世界の端で、崎田はただ、自分の小さな世界だけを守って生きていた。

なにも悪いことはしていなかった。静かに息をひそめていただけの、その崎田をまるで、どうでもいいゴミのように扱った。

そこに心があることなど、微塵《みじん》も考えなかった。崎田が傷つこうが苦しもうが、どうでもよかった。関係なかった。相手を人間だと、まるで思っていなかった。失望するのは、なぜ崎田をそんなふうに傷つけたのかと強く後悔しているのに、過去をやり直しても、あのときの自分はきっとまた、同じようにすると思ってしまうことだった。

（きっと俺はまた……崎田を傷つける。こんなひどいことがあるか？）

「俺、もう眠るから。起きたらきっと忘れてる。それにあとちょっとで卒業だから、岸辺たちにも会わなくなる。俺も変われるよね？　だから、大丈夫だよ」

気にしないでと言い、崎田はそっと、顔を覗きこんできた。崎田はもう泣いておらず、笑っていた。けれどそのことに、森尾は落ち込んでしまう。

わざとではなくとも、結果的には自分が楽になるために涙を見せ、崎田に気を使わせた。

「ありがとう、森尾……」

それなのに崎田は、森尾の額に額を合わせて、優しく囁いた。

「誰かが自分のことで泣いてくれるって……こんなにも、楽になるんだね」

洗ったばかりの崎田の体からは清潔な石鹸《せっけん》の匂いがする。

違う、お前のためじゃない。俺は自分のために泣いたんだ。

けれどその言葉を、森尾は飲みこんだ。言い出す勇気すら今はなく、ただじっと、崎田の黒い瞳を見返していた。

グラウンドではサッカー競技が行われている。保健室の窓の向こうからは、遠く響く生徒たちの歓声が聞こえた。

五

ひとしきり感情が昂ぶって、疲れが出たらしい。崎田《さきた》は少し寝るねと言って横になると、すぐに寝息をたてはじめた。

森尾はしばらくの間、崎田のそばに座って、そのあどけない寝顔を見つめていた。

カーテン越しに差しこんでくる午後の陽射しが、やわやわと崎田の頬にあたっている。

青白い顔には、うっすらと疲労がにじんでいた。岸辺《きしべ》たちに連れていかれそうになったとき――崎田がどれほど恐ろしかったかと考えると、やりきれない気持ちになった。

森尾はやがてため息をついて、カーテンの外に出た。保健室内にある姿見の前に立つと、自分の、くたびれた顔が映っていた。泣いたあとの眼もとは赤くなっている。

顔を洗おう、そして気持ちを切り替えよう。

崎田の荷物を、教室から持ってこよう。そう思い、廊下に出る。しばらく歩いてからふと顔をあげて、森尾は足を止めた。

眼の前に、いつの間にか臼井《うすい》が立っていたのだ。

「……崎田先輩、倒れたんですよね？」

誰から訊いたのだろう。もしかすると黒田《くろだ》か、それとも森尾が試合に出ていないのを見てカマをかけているのかもしれない。森尾はしばらく迷ったが、隠しても仕方ないと思い、頷いた。

「眠ってるところだ。見舞いたくても今はやめとけ」

「……森尾先輩は、どこ行くんです？　試合ならもう終わってましたよ。ちなみに、アンタのチームが負けてました」

先輩に向かってアンタかよ、と思ったけれど、森尾は億劫《おっくう》で指摘をしなかった。相手チームには黒田がいる。自分がいなければ十中八九負けだろうとは分かっていた。

「崎田の荷物をとりに行くだけだ。すぐに保健室に戻る」

これ以上臼井と話していたくなかった。顔を背けて横を通りすぎる。けれど不意に振り返った臼井が、

「崎田先輩のとこに、戻る資格なんてあるんスか」

と、言った。

攻撃的で、どこか腹を立てたような声音だった。振り向くと、臼井は憎しみをこめた眼で、森尾を睨みつけていた。

「——崎田先輩を最初に犯したのはアンタなのに。戻れるんですか？」

その一言に、胸を突き刺された。

今、臼井はなんと言っただろう？

——崎田先輩を最初に犯した。

（……どうして。臼井が、それを）

もしや崎田から訊いたのかと、頭の中が白くなる。

「……俺、大村《おおむら》先輩と知り合いなんです。あの人からいろいろ聞いてます。アンタのこと」

臼井は苦々しげに言い、舌打ちした。森尾はついさっき、大村が「崎田を抱いたろ」と言ってきたことを思い出した。大村は同じ話を臼井にしているのかもしれない。だがあれは、確証のない話だ。

「……大村の妄想だったら？」

だから混ぜ返すと、臼井は鼻で嗤った。

「……俺ね、こないだ屋上でたまたま、聞いたんですよ。アンタが崎田先輩に……レイプされた男につけこませてるって、言ってたの」

（……あ）

森尾は一瞬、視界が暗転したような気がした。見たくない、知りたくない自分の一面を、突然他人から突きつけられたようだった。

不意に思い出す。球技大会についてクラスで話し合った日、崎田がカメラ係にされたことが気に入らず、一人屋上へ逃げた。心配して追ってきた崎田が可愛くて、つい押し倒し、キスをして体に触れておきながら、「そんなだからレイプした俺にまで、いいようにつけこまれる」と、ひどいことを言った——。

あのとき、物陰に人の気配を感じた。気のせいだろうと思いこんでいたが、あれが、臼井だったとしたら？

思いあたる記憶に、血の気が引く。

黙りこんでいる森尾をどう思ったのか、臼井はため息をつき「アンタさあ」と呟く。

「……男でも女でも、適当に遊んでたじゃん。なかにはレイプみたいなのもあったろ」

なのになんで、と、臼井が眼をすがめる。

「なんで崎田先輩なんですか？　他の、レイプした相手とはどう違うわけ？」

「……」

しばらくの間、森尾は臼井の顔をじっと見た。森尾より少し低い背丈。体は大きいが、まだ成長途中で、伸びた手足についた肉は薄く、筋肉も半端だった。

なにか、微妙な違和感を覚えたが、その正体は分からなかった。

「……いや、俺が最低なのは事実だけど、レイプは崎田しかしたことねえよ」

今さら隠しても意味がないと、認める。とたんに、臼井の顔に怒りが差し、その頬が赤く染まった。

「クズかよ。してるんだよ、覚えてねーだけで！」

怒鳴られて、森尾は唖然《あぜん》とした。臼井が今なんの話をしているのか、分からなくなる。

臼井は舌打ちし、「どっちにしろ、アンタらの関係、矛盾してるでしょ」と吐き出した。

「結局、アンタはエゴイストなんだよ。崎田先輩はアンタがそばにいる限り、一生苦しむって分からないんですか。アンタがお友だちしてる以上、先輩は忌まわしい記憶からは一生逃れられない」

森尾は声も出なかった。それは真実で、森尾だって同じことを、毎日のように考えているからだ。

「本気で崎田先輩が大事なら、アンタは離れるべきだ。好きだなんて言う資格も、そばにいる資格もないですよ。去年先輩がいじめられてたときだって、アンタは傍観してただけ。ずっと無視してたんでしょ？　大村先輩から全部聞いてますよ」

そのとおりだった。反論する余地などない。森尾は黙りこんで、立ち尽くしていた。

吐瀉物の中に転がっていた崎田の青白い顔。崎田をあんなふうにしたのは、自分だと分かっている……。

退《ひ》いてくださいよ、と臼井はうなるように言った。

「崎田先輩から退いてください。散々他人を傷つけといて、幸せになれるなんて思わないでくださいよ」

今にも噛みついてきそうなほど、憎悪に満ち溢れた眼。見返しながら、森尾はまたなにか違和感を覚えたけれど、それがなにかは分からなかった。

ただ得体の知れない不安が、胸の中で膨らんでいく。

(俺が崎田から、退く？　離れるってことか……)

考えただけで、体に震えが走った。崎田がいない人生、崎田がいない自分など、森尾にはとても想像できなかった。一体なにを目的に生きていけばいいのか。崎田を好きになる前は、どうやって生きていたか森尾にはもうあまり思い出せなかった。

言うとおりにする、退く。だから許してくれとも言えず、かといって俺のほうがお前より崎田を好きなのだから、お前のほうが退けとも言えず、ただ森尾は口を閉ざしていた。

「……アンタが退かないなら、俺にも考えがあります」

それだけ言いおいて、臼井が背中を向ける。どんな考えなのだとも、なにをする気だとも問いただせず、森尾はただ臼井を、じっと見送ることしかできなかった。


臼井と別れたあと、どうして試合に出なかったと怒るクラスメイトを適当な嘘《うそ》で黙らせ、崎田を家に送り届けた。予備校に顔を出してから帰宅するころには、森尾はぐったりと疲れ果てていた。

　夜の十時。いつもなら空腹で死にそうだけれど、食欲も出ない。

　家にはいつもどおり誰もいないかと思っていたら、兄の洋樹《ひろき》だけが帰っていた。

「叔父さんから俺のメールに、お前宛でなんかきてたぞ。出力しといてやったから、一応見といて」

　リビングのソファに寝そべっていると、声をかけられて書類を渡された。見ると、それは叔父の勤める工科大学の入学案内だった。もちろんだが、すべて英語の書面だった。

　森尾は父親の方針で、小学生のころから夏休みはアメリカにいる叔父のところへ預けられていたので、英語はかなり得意だ。書類も難なく読める。同封の手紙には、アラン・クラトンのもとで学ぶメリットがつらつらと書かれていた。日本で大学に進むのは遠回りにすぎないと、叔父らしい合理的な考えを根拠にはっきりと否定されてもいる。

『建築というアートの世界にさえ、年功序列や経験などという無粋でくだらない尺度を用いられては、折角《せっかく》の才能が生かしきれない。日本の現場は時代遅れで――』

「俺も見るって分かってるメールなのに、言うよねー。俺はその時代遅れの現場で、時代遅れの建物を作ってるってこと？　ま、叔父さんらしいけど。お前は昔から叔父さんのお気に入りだったしね」

　勝手にメールを読んだらしい洋樹は肩を竦め、おかしそうにしている。

「よくもまあ、無邪気に踏みつけにしてくれるよ」

叔父はよくも悪くも正直だ。悪気もなく、失礼なことを言う、天才肌の芸術家。若いころからできる人間だったため、そうではない人間の心が分からないんだよ――と、次兄が長兄に話していたのを、幼いころ聞いた。

「なあ、叔父さんも、ズレてるか……?」

不意に森尾はソファから起き上がり、訊いていた。冷蔵庫からビールを出し、プルトップを開けていた洋樹は、「は?」と眼を白黒させる。

訝《いぶか》しそうな顔をしたまま、洋樹は森尾の隣に腰を下ろした。

「前に、兄貴が言ったろ。俺は他のヤツらと比べるとズレてて……その自覚もないから気をつけろって」

路《みち》くんは普通の子なんだから、傷つけるなよ。と、洋樹はそのとき釘を刺した。

洋樹に言わせれば叔父もそうなのだろうかと、そんな気がして森尾は訊いていた。

「……ああ、思い出した。そうそう。お前と叔父さんな。どっちもちょっとズレてるよ」

俺もだけど、と洋樹はつけ足して、くくく、と笑った。

「俺はただ、自覚があるの。お前や叔父さんにはない」

「それ、どういう意味だよ」

訊くと、洋樹は「お前ね、まずそれが分からないとこが、問題なんだよ」と肩を竦めた。

「……存在してるだけでも傷つけてる側だってこと、覚えとけよ。だからって責任とれとも言わないけど。恵まれてるっていうのはな、それだけ、他人を踏みつけにしてるってことでもあるんだからさ」

軽く言って、洋樹はビールを飲んだ。

「他人を、踏みつけにしてる……」

洋樹の言葉を繰り返すと、なぜか幼いころの母親の葬儀を思い出した。泣かなくてえらいのね、と誰かに言われた。でも祐樹《ゆうき》くんは、恵まれているわよ……。そんなふうにも言われた。たぶん、それは慰めだった。臼井の、激しい憎悪に満ちた眼が、ふと瞼の裏に蘇る。

――なんで崎田先輩なんですか？　他の、レイプした相手とはどう違うわけ？

――してるんだよ、覚えてねーだけで！

頭の奥が冷たくなる。臼井の声にかぶさるように、大村の声もした。

――お前は、都合の悪いこと、なかったことにするよな。

大村の横顔は、どこか淋しげで物憂げだった。

なにか思い出せそうで、思い出せない。いや、思い出したくないのかもしれない。

――高一のとき、抱いたろ。小さめの男の子。なんか好かれたから食ってみた、とか言ってさあ。一回だけだったけど、俺もあとからいただこうと思ってたら、その子、泣きながら帰っちゃってさ……。

「誰だっけ」

ぽつりと呟くと、洋樹がテレビの電源をいれながら「なに?」と振り向く。森尾の額に、冷たい汗がじわりとにじんできた。

「高一のとき……俺が連れてきて抱いたとかいう、小さい男」

「ああ。あの、中学生の子な」

洋樹はおかしそうに相槌《あいづち》を打つ。どうしてお前はそんなに覚えているのだと言いたかったが、覚えていない自分が異常だと分かっていた。

「可愛い、小さい感じの子。臼井くんだっけ? 大村くんの後輩で、お前に憧れてるとかいって……俺と名前の音が同じだったから、覚えてんの」

どこかの中学で、バスケットをしていた。インターハイを見にきて、森尾に憧れ、同じ中学校出身の大村に頼んで、紹介してもらった——そうだ、そういう男がいた。森尾は不意に思い出して、背に悪寒が走るのを感じた。

高一の、インターハイが終わった少しあと。男の味を覚えたばかりで、その面白さに、寄ってくる人間で面倒くさくなさそうだと判断したら、誰でもいいからと味見していた。臼井はそのうちの一人だった。大村が連れてきた、純朴そうな中学生。まだ十四歳で、手足が伸びきる前の子どもみたいな体に興味をそそられた。

憧れている、森尾さんみたいになりたい。家に行ってもいいですか、と訊かれて、出来心で連れて帰り、戸惑っている相手に「気持ちよくするから」と言いくるめて抱いた。

感想はというと、十四歳は面倒くさい。体が小さくて、ほぐすのが大変だった。こういう行為は、もう少しデカい相手とのほうが手間がない……、というものだった。

そういえば、あのときの相手は泣きながら帰ったのだ。ちゃんと遊びと説明したと思っていたが、できていなかったらしい。

――これ……レイプですか？

終わったあとに訊かれて、森尾は肩を竦めた。

――お前もそんなに、嫌じゃなかったろ。

相手がどんな顔をしていたのか、もうあまり思い出せない。そもそも興味がなかった。臼井の体にも、その心にも――。けれど洋樹が見たのは泣き顔だったというのだから、臼井はあれを、レイプだと受けとったのだ――。

翌日会った大村が複雑そうな顔をして、「なんであっちは抱けて、俺はダメなんだよ……」と言っていたのを覚えている。面倒なことになりそうだと思い、森尾はその言葉を遮って、「なんの話？」と終わらせた。大村の好意は本気だと知っていたので、あの当時からうっとうしかった。

（俺は……あのとき、レイプした？）

頭の中で、思考がぐるぐると回る。

まさか。そんな。これは記憶違いだ。そこまでひどいことはしていない。

そう思う気持ちと一緒に、いいや、やったのだ、という冷たい声が聞こえていた。自分は臼井をレイプし、そのことを忘れていた。思い出しもしなかった。一日で過去のことにした。大村の気持ちも見なかった。ないものにした。どうでもよかった。

今になって、自分の酷薄な部分が迫ってきて、森尾は体を震わせた。

（……じゃあ、なんで、崎田だけ）

崎田だけ特別扱いしたのだ、と自分を責める声がする。なぜ崎田だけは愛したのだろう。

「あの臼井くんて子、帰りがけに泣きながらさ……『これ渡してください』って、携帯電話の番号、置いてったろ？　俺、かけちゃおっかなーって思ったけど。やっぱりかわいそうになって、お前に渡したじゃん。あれ、かけてあげた？」

森尾のこめかみから顎に向かって、冷たい汗が一筋、落ちていく。

胃がきりきりと痛みはじめた。眼の前が暗くなる。

記憶の断片をかき集めて思い出したのは、もらった電話番号のメモを、すぐにくずかごに捨てる自分の姿だった。

だってどうせ、かけないし。

そう思った冷たい心を想像できた。

森尾は顔を両手で覆って、うなだれた。

――俺は、まるで化け物だ。

臼井の言ったとおりだ。

臼井に謝らねば。そう思うのと同時に、森尾はこうも考えていた。

(臼井が崎田に、昔のことをバラしたらどうしよう……)

これ以上最低の自分を知られたくない。残虐な自分を崎田に知られたくない。知られて、軽蔑されたくない……。

なによりもその気持ちが先に立つ自分が、森尾は怖くなった。臼井にすまないと思いながら、それでいてなお、臼井に対する興味も関心も湧いてこない。崎田に対するような優しさが、溢れてこない。

――崎田から、自分を遠ざけねばならない。

こんな腐った、クズのような自分を、崎田から遠ざけてしまわなければと思いながら、森尾は長い間その場に立ち尽くし、自分の恐ろしさに、一人震えていた。

崎田路《さきたみち》は、ある夢を見る。

高校三年生。夏をすぎ、秋の近づいたころから、それこそ三日おき、ひどいときには毎日のように、同じ夢を。

頭の奥で、ごうごうと鳴るのは水の音だった。

――路、路。

必死に叫んでいるのは、母の声。

ああこれは、幼いころ、近所の川に落ちたときの記憶だ――と、いつも路は途中で思い出す。呼吸が詰まって苦しい。開けた口の中へ水が入りこみ、肺からごぼごぼと空気が抜けていく。

もう死ぬのかもしれない。激しい死の恐怖が頭の隅に兆《きざ》してくる。それでもまだ、路は水流に逆らい、必死に細い手足を動かしている。どちらが岸なのかも分からないまま、生き延びたくて、何度も何度も手を伸ばす。

どうやって助けられたのか、覚えていない。気を失って、眼を覚ましたら生きていた。

死にたくない。生きていたい。……森尾《もりお》に、死ぬのなら森尾に、一度くらいきちんと言いたい。好きだって。森尾が好きだって、言っておきたい――。

目覚める直前、路はいつもそんなことを考えている。それは幼いころではなく、今の自分の気持ちなのだけれど。

崎田　路

一

「みっちゃん。今帰りか？」

いつの間にかセミの声が消え、日没が早まりはじめた十月。

その日、路《みち》は三年の校舎を出たところで、後ろから声をかけられた。見ると西日の射《さ》す中で、佐藤《さとう》が手を振っている。クラスは違うが、元バスケ部員なので、路も面識があった。

強姦されたことがきっかけで、大柄な男が怖くなった路だけれど、佐藤はそれほど大きくもなく、親しい相手なので怖くない。ホッとして頬を緩ませると、参考書だけ抱えた佐藤が元気よく走り寄ってきた。

「今から予備校か？　ご苦労さん」

「うん。佐藤は？」

「俺はこれから学内補講」

進学校なので、学内で大学受験の補講も開かれており、予備校と並行してそちらを受ける生徒も多い。といっても開催期間が短いため、路は補講は受けずに予備校一本に絞っていた。

佐藤は路の周りをぐるっと見渡した。放課後の校舎には、まだ生徒がたくさん歩いている。運動部は走りこみでかけ声をあげ、吹奏楽部のオーボエも響いてくる。

「……森尾《もりお》は？　一緒じゃねーの？」

訊かれて、路はドキリとした。

「森尾は……ほら、予備校変わっちゃったから」

それでは答えに不十分だと知っていたけれど、他に言いようもなかった。

森尾は少し前、突然予備校を変えた。そしてなぜだか、路と帰るのもやめてしまった。そのことを口にするのは辛かった。佐藤も路の気持ちを察してくれたのか、「そっか……」とだけ呟く。

「森尾、どうしちゃったんだろーな。急に……」

独り言のような佐藤の言葉にも、路には返せるものがない。

本当にどうしてしまったのだろう。路だって、そう思っていた。

球技大会のあった日までは、森尾は普通だったと思う。倒れた路を家まで送ってくれ、「明日、できれば一日ゆっくり寝てろ」と心配してくれた。翌朝目が覚めると、メールも届いていた。

――大丈夫か？　明日登校するなら、迎えにいく。

そう書いてあった。路は嬉しくて笑い、それから「平気だよ。学校でね」と返信したのだ。

けれどあくる日――放課後になり、いつものように予備校に行こうと森尾を待っていた
ら、言われた。

「悪い。俺……予備校変えることにしたんだ。だから、今日から別行動で」

気まずそうに言う森尾に、路は最初、どう反応していいか分からなかった。変えるの？

と、驚いて訊くと、「志望校に合わなくて」と森尾は答えた。

――どうして？　国立でしょ……。

――いや、それも変えることにしたから……。

歯切れの悪い答えだった。森尾はなぜだか路と眼を合わせようとせず、うつむいていた。

その姿が所在なく、居心地悪そうに見えたので、路は突っこんで話を聞けなくなった。

志望校をどこに変えたの？　それは東京じゃなく、遠いところ？　なぜ急に……？

進路一つとっても、訊きたいことは山ほどあった。けれどもっと、もっとずっと気にな
るのは、森尾の路への態度の変化についてだった。

森尾は、路と帰らなくなった。昼食も、これまでは黒田《くろだ》をまじえて三人で食べていたの
に、いつも待ち合わせていた中庭にすら来なくなった。朝夕のメールもなくなり、休憩時

間に話すこともなくなった。

完璧に距離を置かれている。といっても、用事があれば話すし、朝、眼が合えば「おはよう」と言ってはくれる。完全に無視されているわけではないが、それでもあからさまに接触が減った。

クラスメイトにもそれは眼に見えて分かるのだろう。親しくしている山野《やまの》からは、「なんかあった？」と訊かれた。浮いているのは路ではなく森尾のほうで、森尾はクラスのどの輪にも入ろうとせず、いつも一人で窓の外を眺めるようになった。

――受験ウツかな？　国立A判定のヤツが？

ないない、とクラスメイトは笑い、なら、崎田とケンカしたか、フラれでもしたかと憶測が飛んだ。路はそれに、まさかと言うしかなかった。事実ケンカはしてないし、フるだなんてありえない。

路のほうが、二年のときに、とっくに森尾にフラれているのだ。

（お前のこと嫌いって……好みじゃないって、最初のころにはっきり言われてる……）

それはまだ仲良くなる前のことだったが、好みじゃないのに森尾が路を抱いたのは、一度目は腹が立っていたからで、二度目は同情からだったと、路は思っている。そして嫌いでも仲良くしてくれたのは、レイプしたことを森尾が悔いてくれていたからだ。

罪滅ぼしのために、森尾は今までそばにいてくれた。

二度目のセックスのとき、森尾はそんな話をしていたように思う。初めて下の名前を呼んでくれたことに感極まり、緊張の糸が切れて、自分でもどうしてと思うほど大泣きしていた路は、あまり森尾の声をちゃんと聞いていなかった。

それでも、そのときは、

「お前のことは、嫌いじゃない」

と、言ってくれていた。そのあとの言葉は、聞きそびれてしまったけれど。

（……あれが同情だとしても、あれからずっと、一年間、森尾は優しかった）

路と話し、一緒に帰り、そばにい続けてくれた。きっと路の恋心は、森尾にも知られていたはず。だからこそ、森尾は路に同情して、時折触れたり、キスしてくれたりしていたのだと思う。

いつの間にかそれが普通になり、自分はなにか勘違いしていたのかもしれない。森尾にしてみれば、それらの行為はただ苦痛な贖罪《しょくざい》だったのだ。球技大会のあと倒れた路を見て、これ以上の罪悪感に耐えられなくなったとしても、路には森尾を責められなかった。

（森尾、泣いてたもんなあ……）

あの強い森尾が。岸辺《きしべ》たちに連れられそうになっただけで、吐いてしまった弱い路を前に、苦しめられて泣いていた。路の耳の奥には、しわがれた森尾の涙声が残っている。

——俺が……俺が悪い。

路のトラウマの原因は自分だと言って、森尾は泣いていた。自分と一緒にいることで森尾が苦しむのなら、距離を置いたほうがいいと、路は思う。

今までが特別だったのだ。そう分かっているから、無理に理由を訊くこともできず、一緒に帰ろうと誘うことすらできなかった。自分が望めば、森尾はきっと断れない。罪悪感につけこむようなことはしたくなかった。

ただ、森尾と離れてしまったことは、淋しい。たとえ叶うことのない片想いだと分かっていても、好きな人に距離を置かれて、平気でいられるわけがない。

佐藤と別れ、とぼとぼと正門をくぐると、少し離れたバス停に森尾が立っているのが見えた。変えた予備校にはバスを使って行くらしい。そんなことさえ、今初めて知った。

このまま歩いていけば、どうしてもバス停で顔を合わせてしまう。路は思わず立ち止まり、しばらくの間、森尾の整った横顔を眺めていた。やがてバスがきて、森尾は乗りこみ、行ってしまった。

（……声くらい、かければよかったかな）

――森尾、今から予備校？　頑張って。

そのくらい、言ってもよかったかもしれない。

けれど明日また同じようにバス停で森尾を見かけても、路はやっぱり尻込みして、立ち止まってしまう気がした。鼻の奥がツンと痺れて、じわじわと涙が浮かんでくるのを、急

いで腕でぬぐう。

きっと嫌われてはいない。少なくとも「友だち」くらいには、思ってくれているはず。

一年間、そう信じてきたけれど、今の森尾の気持ちは、路にはまるで分からなかった。


予備校の授業が終わったあと、路は迷ったけれど、自習室に行くのはよすことにした。以前なら、森尾と時間を合わせて帰るために頻繁に寄っていたが、今は自習室にいると淋しさばかりが募る。携帯電話を取りだし、新着メールがないか確認する。やはり森尾からはなんの連絡もきていないのを見て、もう二週間もそうなのに、まだ期待している自分が滑稽で、ため息が出た。

「崎田くん。こないだの小テストだけど、少し点数下がってたわよ」

ロビーに出たところで、ふと呼び止められた。予備校の受験アドバイザーで、路を担当してくれている女性だった。

「すみません」

素直に謝ると、「まあきみは、もともと判定高いから、あんまり心配してないけど」と励まされた。

「なにかあったなら相談に乗るから。声をかけてね」

路はぺこりと頭を下げ、予備校を出た。自動ドアをくぐって、もう真っ暗になった市街地へ出ると、正面の街灯に寄りかかって大きな男が立っていた。

「こんばんは」

路を待っていたのは臼井《うすい》だった。一瞬だけ体が硬くなり、胃にじりっと焼けるような痛みを感じた。臼井は、森尾ほどではないが、背が高い。それほど親しくなったわけでもないから、大柄な男が苦手な路は、どうしても緊張してしまう。

「こんばんは……」

小さな頭を急いで下げて、路は歩きだした。なにも言わずに、臼井がついてきて並んだ。

（……困る）

と、路は思う。ここ数日、予備校を出ると決まって臼井が待っていて、家までついてこられる。送ってくれているのだろうが、路は頼んでいないし、もう何度も断っているのに、臼井はまるで聞き入れてくれなかった。

「……臼井、部活もあるのに毎日大変だろ。もうきてくれなくて大丈夫だよ」

駅に着き、電車を待っている間に、路はまた断った。けれど臼井は「俺が勝手に来てるんで」と決めつけてしまう。

「でも俺は、一人で帰れるから」

もう一度食い下がると、臼井はため息をついた。

「先輩、もっと俺に慣れてくれないと。それじゃいつまでたっても付き合えないじゃないですか」

さらりと言われた言葉に、路は混乱して黙りこんだ。臼井は時折こんなふうに、少し乱暴に路の行動を限定してくる。それが路には怖くて、心臓が嫌な音をたてて息苦しくなり、なにも言い返せなくなるのだった。

ついうつむくと、臼井は口の端を歪めて笑った。

「冗談ですよ。本気にとらないでください」

――臼井の冗談は、路にはよく分からない。

なんとなくだが、臼井の冗談には棘《とげ》がある。一緒にいると緊張し、なにかされるのでは、という恐怖がどうしても消えなかった。

臼井が、かつて自分を犯した岸辺たちとは違うことは分かっている。臼井は体こそ大きく態度も威圧的だが、いきなり暴力を振るわれたことは一度もないし、何度告白を断っても、声を荒げられたこともない。好意を持たれているはずだ。だから平気なはず。

そう思うのに、路はいつも、どうしてか、どうしても、臼井を前にすると動悸《どうき》がして体が緊張で強《こわ》ばった。

うつむいていると、快速電車がホームを通り抜けていった。ここはローカル線しか停《と》まらない駅だ。大きな予備校があるだけの駅に、人影はまばらだった。黙ったままでいると、風に乗って遠く踏切の音がする。

「……そうやってうつむいてると、ますます小さいですね。先輩」

隣に立っていた臼井が、ぽつりと言う。思わず顔をあげると、眼の前の黒い看板に、うっすらと二人の影が映っていて、ずいぶん背丈が違っていた。

「臼井は大きいよな」

二歳も年下の男相手に、返事さえしないのもみっともない気がして、路はなんとか話を繋いだ。相手は自分に好意を寄せていて――少なくとも、臼井の自己申告では――わざわざ時間も割いてくれているのだから、普通の、友だちらしいことくらいはせねば悪い。

「俺も昔は、先輩くらいでしたよ」

臼井が言い、路は、

「どうせ小学生くらいの話だろ」

と、笑った。以前森尾に身長を訊かれ、答えると「俺の小五のときと同じだ」と言われたことを、路は思い出した。あのときはまだ仲が良かったから、路は「バカにしてるだろ」と怒ってみせることもできた。

「いえ、中三くらいまで小さかったんで」

「……嘘っ」

なので、臼井の答えが意外で、思わず興奮した声をあげていた。パッと振り仰ぐと、臼井は少し笑った。

「ほんとに。中三の三学期から一気に伸びたんです。もう毎晩、全身バキバキに痛くて。寝てると骨がミシミシ言うんですよ。おかげで卒業間際は、まともにバスケもできなかった」

「……そ、そんなことあるの？」

あるんですよね、と臼井は頷いた。しかし路とさほど変わらない背丈から今の体になったのなら、それはもう尋常ではない。成長痛もひどかっただろうと、路は少し青ざめてしまった。

「森尾や黒田も、痛かったのかな……」

ぽつりと言ってしまってから、ハッと口をつぐんだ。臼井は路が、森尾や黒田の話をすると少し不機嫌になる。「あの人たちは俺よりマシでしょ」と、どこかせせら嗤うような声で、臼井が続けた。

「ずっと体のデカいまま、下にいる人間の気持ちなんて理解もせずに、生きてきてんですから」

棘のある言い方だな、と思ったが、路は指摘しなかった。小柄なままの路には、少しだけ、臼井のやっかみも分かるからだ。

「恵まれてる人間てのは、周りにいる人間、ぶっ殺しながら生きてるようなもんです」

「……そうかな」

「そうです。これからの人生でもね」

そうだろうか？

それだけではないだろう。きっとそれだけではない。

路の本音はそうだったが、反論するだけの材料も確信も、言葉もなかった。気持ちを言葉にできず、モヤモヤとした。よく分からないが、臼井は森尾のことも黒田のこともあまり好きではないらしい。そこにあるのはたぶん、嫉妬なのだろうと、かつては自分もそうだっただけに理解できたが、今や体も十分に大きく、恵まれて見える臼井がなぜ、嫉《そね》みを持つのかまでは分からなかった。

「森尾や黒田にも、それぞれ、悩みはあると思うよ……」

路が言うと、「そんなこと、当然でしょ」と臼井は眼を細め、白けたように言った。

「だけど恵まれてるがゆえの悩みなんて、悩みじゃないんですよ」

（……そうかな）

苦しみや悲しみに、優劣なんてつけられるのだろうか。路はぼんやりと思っていた。苦しげに打ち震え、俺が悪いと言ってうつむいた、森尾の涙を思い出していた。長い睫毛の下から、森尾の頬を伝って落ちていた涙。

自分を想って泣いてくれている。

そう感じると、少し嬉しかった。

そして、森尾の苦悩に、喜びを得たのは他ならない路自身だ。

（これだって、暴力みたいなもの……。俺の中にも、好きな人を傷つけてもかまわない気持ちが、あるんだ……）

あるいは、それに気づいたからこそ——路は森尾に、自分から話しかけたりできなくなったのかもしれなかった。

あの日以来、急に距離をとられたことに、心のどこかで怯えている。

自分の中にある、浅ましさ。苦しませてでも、そばにいたいと願うことや、特別扱いを喜ぶエゴを、森尾に知られてしまわないか。知られて、嫌われるのが怖い。路はそう思っている。

線路の向こうから電車のヘッドライトが覗き、到着を知らせるアナウンスがホームに流れる。そちらを見ていた路に、ふと臼井が言った。

「どうしてまだ、好きなんですか」

路は電車がホームに滑り込む、その雑音のせいで聞こえなかったというふりをした。臼井に付き合ってほしいと言われたのは七月のことで、路はそのとき、すぐに「他に好きな人がいる」と断った。相手の名前は言っていないけれど、臼井はとっくに、森尾だと知っている気がする。

はっきりとは言われないが、言葉の端々からそれが分かる。

――どうしてまだ、好きなんですか。

頭の中で繰り返してみても、その答えはどこにもなかった。

路も同じように思っている。叶わない恋だと知っているし、去年、岸辺たちの輪姦から路を助けてくれて、暴力沙汰を起こして自宅謹慎になった森尾を見舞ったとき、好きではないとも言われた。

自分に負い目のある森尾に気持ちを伝える勇気はない。それは森尾を苦しめるだろうから。そのうえ、今では一緒にいることさえ少なくなったのに、どうしてまだ好きなのだろう。

……先が見えている。もう終わったような片想いを、なぜ続けるのか。

そう問われていることは手にとるように分かった。

けれどどうしてというなら、路こそ知りたい。森尾を諦められるのなら、そのほうがいいことは自分でも自覚している。

上着のポケットに手をいれると、指先に携帯電話が触れた。

もう二週間、森尾からのメールも着信もない電話。それなのに、今もまだ連絡を待っている自分がいて、路は虚《むな》しくなる。

（そういう臼井だって、どうして俺を好きなの……？）

ふと路は思うが、問いかけて答えを聞いても、自分には応えられないのだと思うと訊けない。片想いの連鎖は、自分が臼井を好きになれたら終わるのだろうか?

頭の隅で考えながら、分かっていないふりでやり過ごすしかなく、ただ黙って電車に乗る。

後ろからついてきた臼井は、もう質問を蒸し返したりはしなかった。けれど隣に並んで、つり革を手にとりながら、ぼそりと呟いた。

「崎田先輩って、根っからの被害者体質なんですね」

ぎくりとして見上げると、臼井と眼が合った。その眼に、なにか冷たいものが差している。恐怖がぞっと路の背を走ったが、臼井はすぐに顔を背け、もうなにも言わなかった。

(……被害者体質?)

路の胸は、無意識の緊張で、鼓動が早くなっていた。

十月が終わりに近づき、衣替えもすっかりすんだ。その日の四時間目、学校での模試の結果が返ってきた。模試は既に数回学校で実施されている。

名前を呼ばれて結果をもらいに行くと、担任が、「一校、判定が下がってるぞ」と言った。志望校は四つまで書けるが、そのうち一校の判定がBからCに下がっていた。

「最近、調子悪いな。大丈夫か？」

担任に気遣われ、頭を下げて戻る路に、山野《やまの》が「気にすんなよ」と声をかけてくれた。あとから呼ばれた森尾は涼しい顔だ。担任も「お前は安定してるなー」と感心していたので、判定は良かったのだろう。

（……森尾、志望校どこ書いたんだろう）

結局訊けないまま、森尾が予備校を変えて、一ヶ月が経とうとしていた。

結果がすべての生徒に行き渡り、担任が「それぞれ間違った箇所を確認、自習」と言うと、とたんに教室は騒がしくなった。山野をはじめ、何人かの生徒が路の机のところにやってきて、「判定どうだった？」「数学の問五解けた？」と賑やかに話しかけてきた。彼らはみんな、路と志望校のレベルが同じくらいの生徒だ。

ふとそのとき、ざわめきにまぎれて、担任が「森尾」と呼んだのが聞こえた。思わず顔をあげると、騒ぐ生徒たちの間をすりぬけ、森尾が担任のところへ行くのが見えた。担任は森尾からなにやら封筒を受け取って見ている。

——よくこんな点数とれたな。これなら……。

——はあ。でもまだ……だと、一年遅れに……叔父は、試験だけは受けておけと……。

——叔父さんと、よく話し合って……。

とぎれがちに聞こえる二人の会話へ、路は必死になって耳を澄ましたけれど、その内容は、はっきりとは聞こえなかった。

四時間目が終わり、路はいつも昼食をとっている中庭へ行った。少し肌寒くなりつつあるその場所には、既に黒田が待っていたものの、やっぱり森尾の姿はなかった。

「よー。寒くないか？」

ベンチで手をあげた黒田に、路は「大丈夫」と言いながら横に座った。

中庭の景色は夏のころとは様変わりし、落葉樹はすっかり色づいている。

「模試返ってきたけど、黒田はどうだった？」

訊くと「一般受験ならどこも落ちると分かった」と返され、路は少し笑った。

黒田は指定校推薦が決まっているので、受験は関係ない。とはいえ、その分部活で結果を出さねばならないから、けっして楽なわけではない。

すると突風が吹いて、開けようとした弁当箱の上に落ち葉が舞ってきた。やっぱり、中で食べるか、と黒田に訊かれたが、路は「平気だよ」と返した。

「……黒田。今日さ」

「うん？」

できるだけ自然になるように注意して、路は切りだした。

「森尾が担任に呼ばれて……なんか話しこんでて。黒田は、森尾がどこの大学行くつもりなのか、知ってる？」

さりげなく訊こうとしたのに、路は弁当を包むハンカチを開けられなかった。緊張で指が震えて、結び目をほどけなかったのだ。パックの牛乳を先に開けて飲んでいた黒田が「ああ……」と、気まずそうな声を出した。

「うん。いや、まあ、聞いてる」

やっぱり黒田には言っていたのか、と思うと、分かっていたのに路は落胆した。自分は聞いていない。そのことに落ち込んでいく。もっとも、佐藤をはじめとする元バスケ部の面々も誰一人知らないようで、路に「あいつ最近どうした？」と訊いてくるくらいだから、森尾の進路を知っているのは黒田だけだろうとは思った。

（……俺はやっぱり、森尾にとって特別じゃないんだな……）

分かっていても、心は沈んだ。黒田も路が森尾からなにも聞いていないのを知っているから、あえて森尾の話題を出さないのだと思う。森尾が昼食の集合場所にやって来なかった初日も、黒田は特に森尾のことは口にしなかった。その不自然さに、逆に路は、今日までなにも訊けずにいた。

「――ごめんな。あいつが自分で言うまでは、待ってやってほしいと思って」

苦笑し、黒田が言葉を探すように頭を掻《か》いた。

「……森尾、なにかあったの？」

もう取り繕うことはできず、路の声は震えてしまった。

「あの……球技大会のあと。もしかして、その、俺が森尾に甘えすぎて、だから嫌になったとか……」

「ないない。それだけは絶対ない。あー、森尾、バカだよな。崎田を不安にさせたら意味ないのに。でも、崎田が嫌になったとか、それだけは天地がひっくり返ってもないから安心して」

「――だったら、どうして」

声が続かず、路はうつむいた。鼻の奥がツンと痛み、口の中に酸っぱいものがこみあげてきた。これ以上話したら、泣いてしまう。それを避けるために、ぎゅっと奥歯を噛みしめた。

――森尾のやつ、変になった。どうしたんだ。

と、路は佐藤やクラスメイトからよく言われていた。

路とは違う予備校に通いはじめたというが、周りには誰一人、森尾と同じ予備校の生徒はいなかった。あいつ、どこに通ってるんだ？　と、みんなが首を傾《かし》げている。

それにこのごろ、森尾は登校する前の時間、川原のバスケットゴールの下で、狂ったようにシュートし続けているらしい。何人かが見かけ、あいつおかしいよ。受験のストレスで、どうかしたんじゃないか？　と、言っていた。

なにより森尾はクラスで誰とも話さなくなり、全然笑わなくなってしまった。

「……俺も一つ訊きたいんだけどさ」

　ふと、黒田が身を乗り出し、路の顔を覗きこんできた。穏やかな面立ちに似合わない、神妙な顔をしている。

「うちの臼井がずいぶんつきまとってるみたいだけど。あいつと付き合うの？」

　臼井から好きだと言われていることを、黒田は知っていたのか。

　話した覚えはないので、驚いてパッと顔をあげると、「見てれば分かるよ。一応、俺、部の主将」と黒田が答えた。

「……臼井には何度も断ってるよ。だけど」

「だけど？」

　じっと見つめられ、路はどう返していいか迷い、口をつぐんだ。

「臼井は、崎田のことが好きなんだろ。崎田は、あいつのことどう思ってんの？　ちょっとくらい好き？」

　考えてみたが、路にはよく分からなかった。

　森尾を想うような強い気持ちは、臼井に対しては湧かない。かといって、完全に突き放せもしなかった。自分だって勝手に森尾を好きなのだ。想うことまでやめろとは言えない。

　けれど突き放せない一番の理由は、

（臼井って……本当に俺のこと、好きなのかな）

と、思ってしまうからだった。

まめなメール。毎日のような送り迎え。ときどき思い出したように挟まれる口説き文句。けれどそのどれにも、恋い焦がれるような必死さを、路は感じない。あるのはなにか、怒りのようなもの。それに思い出されるのは、先日眼が合ったとき、臼井の瞳に差していた軽蔑に似た冷たい色。

どうしてそう思うのかは分からなかったが、路は臼井を怖いと感じている。

「森尾を諦めるために、他の誰かと付き合おうとは思わない？」

相手が臼井というわけではないけどさ、とつけ足す黒田に、路は「……今は、まだ」と呟いたきり、しばらく黙りこんだ。

黒田には、ずいぶん前から森尾への気持ちを打ち明けていた。森尾との間に二度、体の関係があったことや、時折触れられることも話していた。黒田は森尾に対する路の気持ちには、当初からあまり肯定的ではなかった。

「崎田には、森尾じゃないほうがいいだろうなと、俺は思う……俺が言う筋合いじゃないけど。やっぱり、自分を強姦したような男は、やめといたほうがいいんじゃないか」

——強姦した男。

するりと黒田の口から出てきた言葉に、路は黙りこんだ。世間ではそういうのだ。強姦した男と、された相手。

レイプ犯とその被害者。

どれだけきれいなエピソードを並べ立てても、結局はそういう関係だ。

(俺は好きだから、されてもよかった……。そうあとになって言っても、あのとき傷ついたのは本当だったし……)

今だって、思い出すと少し怖い。森尾が怖いわけではないが、芋づる式に思い出される、浦野《うらの》や岸辺たちの記憶はトラウマだ。

「俺はさ……森尾のことは友だちとして好きだし、崎田のことも大事だよ。二人が好き合ってるならそれもいいかな、と思うこともある。だけど……」

一度離れて冷静になったら、崎田の熱も冷めるかもしれない、と黒田は続けた。

「俺たちの年って……十八歳って、まだ若すぎないか？　長い人生を考えたら、なんていうか……崎田の森尾への気持ちって、一過性の熱病みたいなものかもしれない」

それで付き合って別れたら……森尾相手じゃ、負担が大きいのは崎田だろ、と黒田は言った。

「始まりが健全じゃないから……もし付き合って別れたら痛い思いするのは、崎田のほうだと思う。まあそれが、俺があんまり二人を応援しない理由」

話を切り上げた黒田に、路はそっと呟いた。

――一過性の熱病か。

黒田は優しいなと思い、路はかすかに笑った。黒田は路の気持ちが冷める可能性は指摘したけれど、森尾の気持ちがそもそもないことや、もしあったとしてもいずれ冷めるだろうことは言わなかった。可能性としては、そちらのほうが高いのに。

また風が吹いて、舞い上がった落ち葉が路の肩にくっついた。

いつだったか――去年の秋の終わりに、森尾と二人で学校帰りの道を歩いていたときに、同じように肩に落ち葉がくっついたことがあった。森尾は黙ってそれをとってくれた。ありがとうと言うと、またすぐに風が吹いて、今度は頭にもくっついた。森尾はまた、それもとってくれた。家に帰るまでの長い間、落ち葉がつくたびに森尾はとってくれ、それをなぜだか、捨てずにジャケットのポケットに溜めていた。

――それどうするの。

途中で路がおかしくなって訊くと、なんかもったいなくて、と森尾は言った。

どうして、と眼を丸くすると、どうしても、と森尾は教えてくれなかったが、こそばゆそうに眼を細めて、笑っていた。

考えてみれば、森尾と一緒にいて笑い合っていたのなんて、たった一年間だけの想い出《おもいで》だ。一人きり、森尾に憧れて、声もかけられずに遠くから眺めていた時間のほうがよっぽど長かった。路にはもうこれ以上、森尾との距離を縮める方法は思いつかない。黒田はいつか路の気持ちが冷めると言うけれど、路にはそうは思えなかった。

「な、やっぱり教室で食べようぜ。ここじゃ寒いし」

落ち込んだ路の気持ちを変えさせるためか、黒田は明るく言って立ち上がった。路も笑顔を作り、そうだね、と頷いた。


立ち上がった二人は黒田の教室で弁当を食べることにしたが、路は自動販売機で飲み物を買っていくからと、黒田に先に行ってもらった。

少しだけ、一人の時間がほしかったのだ。

人気のない自動販売機コーナーで温かいお茶の缶を買うと、路は生物室のある理科棟へ入った。北側の校舎でいつも薄暗いこの棟には、大抵誰もいない。四階まであがると渡り廊下があり、そこから別の校舎に抜けられる。遠回りになるが、そのルートで教室へ戻ろうと階段をのぼっていると、ふと、三階の踊り場から声が聞こえてきた。

「今さらそんなこと言われても、許す気もないんですよね」

低く嗤う、挑発的な声に聞き覚えがある気がして、路は立ち止まった。

「俺を許せとは言ってない。崎田にやつあたりするのはやめろって言ってんだよ」

今度の声は、はっきりと知っている声だった。

(森尾と……臼井？)

自分の名前が出たことに、路はびっくりした。どうしようか迷ったが、引き返すこともできず、もう数段、足音を忍ばせて階段をあがった。

「やつあたりじゃない。本気で好きなんだって言ってるでしょ」

「なら俺を牽制《けんせい》する必要もなかったろ。俺はべつに、崎田と一生一緒にいられるなんて、思ってない。……最初から、今だけのつもりだった」

——崎田と一生一緒にいられるなんて、思ってない。

その言葉だけが、妙にはっきりと聞こえた。

とたんに、心臓を撃ち抜かれたような衝撃が路を貫く。頭の中が真っ白になり、あとの会話が入ってこない。体が震え、路はその場に固まってしまった。

臼井か森尾、どちらか一人が、階段をのぼっていったようだ。大きな足音がし、やがて遠ざかっていく。声もぱたりとやんだ。

かわりに誰かが下りてくる足音がして、路はようやく我に返った。

背中に、どっと冷たい汗が噴きだした。見つかりたくない。見つかってはならないと、急いで踵《きびす》を返し、階段を駆け下りる。

理科棟を出て、自動販売機のコーナーまで戻ると、誰もいないベンチに倒れこむようにして座った。走ったせいで心臓がばくばくと激しく鳴り、息が荒れている。

心配して振り返ったが、理科棟のほうから誰かくる気配はなかった。確認してやっと、路は息を大きく吸いこみ、吐き出した。

（あの二人……なんの話してたんだろ）

想像してみたが、はっきりとは分からなかった。ただ、自分が関係していたのはたしかだし、黒田が臼井の気持ちを知っていたのだから、森尾が知っていてもおかしくはない。

（森尾は……臼井が俺を好きだっていうのは、森尾へのやつあたりだって、言ってた？）

でもどうして。そういえばその直前に、許すの許さないのと話をしていた。けれどなにを？　森尾がどうして、臼井に許される必要があるのだろう。

ぼんやりしていると、頭の中にもう一度、森尾の声が反響した。

――崎田と一生一緒にいられるなんて、思ってない。……最初から、今だけのつもりだった。

そうか、と思う。

……だから、なんにも話してくれないのか。

今だけの関係なら、卒業したら友だち付き合いのようなものも、終わるということだ。ならばもう、二人がどんな話をしていようが、自分にはあまり関係ない気がした。分かったことはただ一つ、森尾は今、意図的に路と距離を置いていて、今までの付き合いも、やっぱりすべて仕方なくやっていたということだ。

情けない、みじめな気持ちがこみあげてきて、じわじわと眼が潤んだが、路は泣かないように唇を噛んだ。黒田が心配するから、早く教室に戻らないと。早く、早く戻らないと……と思う一方で、辛い気持ちがこみあげてくる。

（卒業したら、森尾は……俺との関係を、全部なくすつもりなんだね）

優しい想い出も、苦しい想い出も。もったいないからと言ってポケットにため込んだ、落ち葉の想い出も。

すべて罪悪感と一緒くたに、森尾は捨てていくつもりなのかもしれない。

（俺は一緒にいて……楽しかったけど、森尾は違った？　ただ……辛《つら》いだけだったの？）

ほんの一ミリも、わずかにも森尾は路といて、幸せではなかったのだろうか？

瞼の裏に森尾を思い浮かべて心の中で訊いたところで、答えは返ってこなかった。

失恋するみじめさを、改めて深く思い知った。路《みち》はそんなふうに感じた。自分が心を捧《ささ》げている誰かから顧みられないことは、こんなにも苦しく、悲しいのか。世の中にはそんな話は、ごまんとあるだろうけれど。

二

十一月下旬。

今年最後の体育の時間、路はぼんやりとグラウンドに突っ立って、そんなことを考えていた。

落葉樹はすっかり葉が落ち、吹く風は突き刺すような冷たさを帯びていた。受験を間近に控え、来月からは通常の授業がなくなることになっている。

今日の体育はサッカーで紅白戦、メンバーを入れ替えて二試合の構成だった。

明日からは本格的に受験体制になるからか、クラスメイトはみんなどこか落ち着かず、最後の楽しみとばかりに気合いをいれて動き回っている。

二試合目、路は森尾《もりお》と同じチームに入っていた。

運動神経の悪い路は、自陣のゴール前でぼうっとしていた。

この一ヶ月で、路は落ち込んでいた成績を必死に戻した。

最近では、路と森尾の会話はほとんどない。森尾はなにやら特別なテストを受けているらしい。何度か学校を休んでおり、そのたび、担任からは、「森尾は入試準備で欠席」と報告があった。けれどクラスメイトは誰もそれがどういうものか知らなかったし、もう路にわざわざ訊《たず》ねてくる者もいなかった。

路はというと、相変わらず予備校と家と学校ですごす日々。

夜、予備校から出ると、大抵臼井《うすい》が待っていて、一緒に帰る。けれど付き合ってはいない。もうあまり、「付き合ってください」とも言われない。なんのためにこんなことをしているのだろう、と思うが、いつだったか耳に挟んだ「森尾へのやつあたりって、どういうこと?」とは訊けずにいた。正面から訊いたところで、臼井が答えてくれるとも思えない。

(それにどうせ卒業したら、全部終わるんだし――)

このごろ、路はそう考えるのがクセになっていた。森尾との微妙な距離も、臼井との煮え切らない関係も、卒業すればたぶん終わるだろう。森尾が路から離れれば、臼井の気持ちも薄れる。なんとなくだが、路にはそう思えた。

(……このまま、森尾とはもうなにも話さないまま、卒業になるのかもな……)

考えこんでいたそのとき、

「ゴール前がらあきだぞー！　走れ走れ！」

元気のいい山野《やまの》が、受験のストレスなど微塵も感じさせない明るい声を張り上げた。

「みっちゃん、パス出るぞ、前に攻めろ！」

クラスメイトに声をかけられ、路はハッとした。

顔をあげると、前線で森尾がボールの取り合いに参加していた。クラスメイトから浮いて、話もしなくなっている森尾だが、体育の授業では自然と中心人物になる。

敵のキーパーが長いパスを飛ばすと、全員が路のいるほうへ駆けてくる。すぐにゴール前で敵味方、くんずほぐれつの小競り合いが始まり、森尾が相手からボールを奪ってロングパスを出した。同時に、森尾はまた、敵陣地へ駆けあがる。

「みっちゃんもあがって！」

誰かのかけ声につられ、路もあがった。

するとずっと先を走っている、森尾の背中が見えた。味方とパスの応酬を繰り返し、敵からボールを守り、奪われては奪い返し――。

動く森尾は軽やかで、まるで風のようだ。

体操服の下でうごめく、森尾の鍛えられた背筋を見ていると、不意に路は自分の体を撫でたり、舐めたりする、森尾の性的な動きを思い出してしまい、ぎくりとする。

（なに思い出してるんだ、俺……）

頬が熱く、赤くなる。けれどずっと忘れていたはずの、森尾のそういうときの顔が、路の脳裏からはなかなか消えなかった。

森尾は触れてくるとき、いつも一瞬だけ躊躇する。

路の眼を覗きこみ、最初は確かめるみたいに、頬や髪、首や、指先をそっと撫でてくる。それでいて、踏みこんでくるときは強引で、突然だった。

突然抱き寄せられ、唇を奪われる。大きな口に、すべて食べられてしまいそうで、それが少し怖くて、路はつい体を竦める。けれど森尾の手つきは優しく、路を見つめる眼には、いつも不安が残っていた。

——触ってもいいだろうか？　今、崎田はそれを、望んでいるだろうか？

そんな言葉が聞こえてきそうな眼。

まるで犬みたいに従順で、甘えた瞳。見ていると路は愛しくなり、胸の奥が切なく疼いた。していいよ。なんでもして。そう思って、路は森尾に体を委ねる。すると森尾はようやく、ホッとしたように、路を愛撫するのだった。

（でもあれも、同情だったんだよなあ……）

ふと思うと、興奮は消え、胸には悲しみだけが残った。

「崎田、ボールくるぞ！」

誰かの声に、路は我に返る。前方からロングパスが飛んでくる。拾おうと足に力をこめ、走る。ボールの落ちていく場所へ駆けこんだとき、敵チームも数人、そこに飛んできた。あっと思ったときには、眼の前に誰かの体があった。急いで避けようとして、右足首を変にひねってしまう。

足首のねじれる感覚と、鋭い痛み。体から力が抜け、一瞬よろめいて止まる。ボールはもう他の誰かが拾い、パスを出していた。

足首に、鈍痛が広がる。

どうしようと思ったが、大した怪我《けが》ではない。ただひねっただけだろう。時計を見ると、あと五分で試合が終わるので、路は休まないことにした。

森尾の姿を、体育の授業で見られる最後の日なのだ。もう一生、見られないのだから、と思うと抜けたくなかった。

ゴール前に走り、自分のディフェンスラインに下がる間も、足はずきずきと痛み、時折走り方がおかしくなった。

見ると、ちょうど森尾がパスを繋いで、再びゴールへと駆け上がっていくところだった。邪魔してくる敵を次々とかわし、風を切っていく森尾の背中。

じっと見つめていたそのとき、不意に森尾が味方にボールを渡した。そのままシュートすると思っていたので、路は驚いた。みんなの意識がボールに逸れると、森尾は立ち止まった。

そうしてなぜか振り向き、こちらに向かって走ってくる。

——え？

森尾は路のところまで下がってくると、いきなり腕を摑んだ。

不可解な行動に、路は眼を瞠った。

「どうした？　足」

ぜいぜいと乱れた呼気の合間から、森尾はなぜか必死な顔でそう訊いてきた。驚いて、驚きすぎて、路はなにも言えずに固まり、ただただ森尾を見つめ返していた。

「なになに、みっちゃん、足どうかしたのか？」

気付いたクラスメイトが一人、駆け寄ってくる。立ち尽くしていると、森尾がしゃがみこみ、路のジャージの裾をぐいっと持ち上げた。

長い、骨張った森尾の指が足に触れると、たったそれだけで、路はぴくんと体を揺らしてしまう。全身が緊張で強ばり、頰にかあっと熱がのぼってきた。

「赤くなってる。ひねったろ」

見上げてくる森尾の眼は、かつて触ってもいいかと確かめてくれたときと同じで、優しく、気遣わしげだった。そのことに胸が詰まり、路は声も出せない。心臓が、ものすごいスピードでドキドキと鳴りはじめる。

「保健室に連れていく」

森尾はそう言うと立ち上がり、路へ背を向けてもう一度しゃがみこんだ。

「負《お》ぶされ」

「……え」

路は狼狽《ろうばい》した。誰かがシュートを決め、ホイッスルが鳴った。すると他のクラスメイトも路と森尾に気付いたらしく、なんだなんだと寄ってくる。

「みっちゃん、大丈夫か？　遠慮するな、森尾は負ぶいたいんだ！」

クラスメイトの一人が、なぜかやけに嬉しそうな声であおった。路はどうしていいか分からず固まっていた。

（だって……なんで、急に）

もう二ヶ月も、まともに話していない。なのにどうして。

と、誰かが路の背中を押した。あっと声をあげ、路は前のめりになる。

「バカ、押すな！」

森尾が腹を立てて怒鳴る。そうして路は、振り返って立ち上がった森尾に、あっという間に抱き上げられていた。クラスメイトから口笛が飛び、「かっこいい」「森尾の声久しぶりに聞いた」とはやし立てるような声があがった。森尾は舌打ちしたけれど、もうそれ以上はなにも言わず、教師に断って、そのまま路を校舎へと連れていった。

路は横抱きにされたままの姿勢で、真っ赤になり、ただ体を縮ませていた。

校舎に入ると、まだ授業中で廊下は静かだった。

なにか話さなきゃと思っても、路はなにも言えず、森尾も黙っている。ただ心臓だけがばくばくとやかましく、もしかしたらこの音が、森尾に聞こえているのではないかと心配になるほどだった。

――どうして、俺が足を痛めたって分かったんだろう。

路には不思議だった。誰も気付いていなかったのに、言葉を交したわけでもない森尾は、なぜかすぐに気がついた。

そういえば去年、まだ森尾との関係が悪かったときも、森尾は路が弁当を捨てていると勘づいたし、親しくしていた間も、路の調子が悪いと、森尾は誰より先に気付いてくれた。

「……森尾って、人のことよく、見てるよな。俺の怪我に気付くなんて……」

自分でも思いがけず、ついそんなふうに言っていた。けれど勇気がなくて、顔はあげられない。しばらくして、森尾はボソッと答えた。

「お前だから気付いたんだよ」

……どういう意味？

訊きたいけれど、声には出せなかった。

――それが、俺だけ特別って意味なら、俺は一生幸せでいられる。もしもそこに、罪悪感や後ろめたさ以外の情が、ほんの少しでも混ざっているなら……。俺は一生、森尾の言葉を思い出して、勇気をもらえる。

心臓が、ずきずきと痛んで息が苦しかった。

保健室までの道が、永遠に続けばいい。路は心の片隅でそう思った。

このままどこか別の世界へ迷いこんで、時間なんてものもなくなって、永遠に森尾と二人きり、着きもしない場所へ向かっていられたら……。

けれどそんなことは起こるわけもなく、やがて眼の前に保健室のドアが見えてくると、誰かが森尾を呼び止める声がした。

「——なにしてるんスか？」

その刺々《とげとげ》しい響きに、路でさえ、ぎくりと体を竦めてしまった。呼ばれた森尾は、顔をしかめて立ち止まる。

廊下の先には、肩を怒らせ、心なしか息を乱した臼井が立っていた。

「教室からグラウンドが見えたんで。崎田《さきた》先輩が心配になって急いできたんです」

授業終了の鐘はまだ鳴っていない。どうやって抜け出してきたのか分からないが、臼井はずかずかと近づいてくると、森尾の顔を正面から睨みつけた。

「あとは俺が、崎田先輩の面倒みますよ、森尾先輩」

その言葉に、路はびっくりした。どうして臼井が、森尾にそんなことを言うのだろう。

森尾は黙りこみ、じっと臼井を睨《ね》めつけている。二人の間の空気は、路には理解できない妙な緊迫感で張り詰めていた。

「……あのこと、喋っちゃっていいんですか？」

声をひそめて臼井が囁いた瞬間、森尾は眉根を寄せ、それからそっと、路は下ろされた。その手つきはなにか、爆発しそうになっている感情を抑えこむかのように、必要以上に丁寧で、ゆっくりしている。

「……立てるか？」

「う、うん」

訊かれて、けれど戸惑ってじっと森尾を見上げる。とたんに、臼井に腕をひかれた。突然引っ張られたので、ひねった足が痛む。

「バカか！　怪我してんだぞ！」

森尾が吼《ほ》えるように声を荒げ、臼井はその瞬間、険しい顔になった。その眼に、尋常ではないほどの敵意が宿るのを見て、路は息を詰める。

「今さら人に怪我させるくらい、平気だろーが、アンタは！」

怒鳴る臼井に、森尾が舌打ちした。けれどなにも言い返さない。

（……なに？　こんなに、この二人、仲が悪かった？）

不安になって森尾を見ると、ほんの一瞬だけ眼が合った。森尾は淋しそうな、悔しそうな眼をしていた。まるで今にも、泣きだしそうに見える。

どうしてそんな顔をするの。

そう訊く間もなく、「行きましょう」と臼井に手をひかれる。意識がそちらへ向いたほんの数秒で、もう森尾は背を向けて、廊下の向こうに消えていった。

「臼井、いいよ。俺、一人で保健室に行けるから」

自分の怪我より森尾の様子が気になり、路は急いでそう言った。なんとか腕を払い、森尾を追いかけようとしたそのとき、

「被害者でしょ、アンタは」

と、臼井が唾棄《だき》するように言った。

被害者。強い意味を持つその言葉に、路は思わず臼井を振り返った。

「……前から、それを言うね。なんのこと？」

訊《たず》ねるうちに、嫌な予感で胸が詰まったが、それでも最後まで訊いた。臼井は小バカにするように嗤いながら、路を見つめた。

「アンタは自分を犯した男を好きな、愚かな被害者。そうですよね？」

苛立った口調だった。臼井の顔に、薄暗い怒りと憎しみがじわじわとにじんでいく。路は息を止めて、その場に突っ立っていた。

「……分かるんですよ。俺も、同じなんで」

——あの人が償おうとした相手は、アンタだけでしたけどね。

どういう意味？

そう、口にできたかどうか分からない。

路はただ硬直して、臼井を見上げていた。忌々《いまいま》しいものを見るような、苛立った眼で、臼井は路を見下ろしている。二つの眼に映った、自分の姿は小さく——いかにも無力そうで、頼りなかった。


授業の終わるチャイムが鳴ると、突然空に黒雲がたちこめてきた。冷たい雨が降りはじめ、グラウンドから、濡れまいと走ってくる生徒たちの声が聞こえた。

「知ってます？ ……レイプ被害者が、稀《まれ》に加害者を好きになる事例。まさかと思うけど、そういうの、あるらしいですよ。あまりに傷ついて——そのショックから立ち直るために、レイプされたんじゃない、自分は相手を好きだったから抱かれたんだって思いこむこと」

防衛機制の働きですかね、と、臼井は薄ら笑いを浮かべてつけ足した。

「……くだらないと思うけど、俺も一時期、なりました。自分をレイプした男相手に、好きだったからいい。あれはレイプじゃなかったなんて、思いこもうとしたんです」

「——……」

路はなにか言おうとして、言えなかった。体が震えてきて、口の中がカラカラに乾いていく。

中学二年生のとき、と臼井は続けた。

――俺はまだ小さかった。背丈は崎田先輩くらいでした。細くて、白くて、女の子みたいで。でもバスケをやってて、たまたま高校の試合を見学して、憧れた先輩がいました。

臼井の手が伸びてきて、路の前髪をそっと一束、とった。指の中で、臼井は路の髪をしばらく弄ぶ。

「紹介してもらって、家に呼んでもらって。好きです、憧れてますって言ったら、じゃあ試していい？　って言われた。お前みたいな小さいの、抱いたらどんなか知りたい、って言われましたよ」

なにをされているかよく分からなかった。気がついたときには、もう後戻りできない段階だった。痛い、やめてと泣きじゃくったが、相手はあまり気にしていなかった。

「終わったあと、なんて言ったと思います？」

くっと鼻で嗤い、臼井は路の髪をきゅっと摑んだ。少し引っ張られて、頭皮が痛む。

「――あんまりよくなかった。狭くて、面倒で。……お前みたいなチビは、俺の好みじゃないみたいだな……って」

笑っちゃうでしょ、と臼井は低く嗤っている。

心臓が、耳のすぐそばで打っている。

そんな気がした。それほど、心臓の拍動がうるさい。打つたび、全身の血管が無理矢理押し広げられているような、きつい痛みに襲われた。

臼井が言われた言葉を知っている、と路は思う。同じことを、そっくりそのまま言われたことがあるからだ。

――お前みたいになまっちろいチビ、全然好みじゃないけど。

森尾に犯されたとき、組み敷かれてそう言われた。小さかったという臼井を犯した男は、もしかして……。

眼の前がくらくらし、その揺れる視界の中に、せせら嗤う臼井の顔が見えた。ようやく言ってやれた、報復を果たせたというような、昏い喜びがその眼に浮かんでいた。

「連絡とかも特になくて……最初の数ヶ月は期待して待ってたけど、だんだん、自分が被害者だって分かってきた。プライドを折られて……怒りで気が狂いそうになるのを、必死にバスケして忘れて……なのにバスケしてると、思い出す」

最悪でしたよ、と囁き、臼井は路の髪を、パラパラと指の間からこぼしていった。

「復讐《ふくしゅう》してやろうと思って、この高校に入りました。背も伸びたし、ざまあみろって見返してやるつもりだった。俺を見たら、さすがに慌てるかもしれない。……でもあの人、俺のことなんか一ミリも覚えてなかった。そればかりか、仲良くしてる相手がいるじゃないですか。……昔の俺によく似た、色白のチビ……」

好みじゃないんじゃなかったのかよ、と臼井は口の中で独りごちて、嗤った。自嘲と苛立ちの混じった声。路は指の震えを抑えるように、ぎゅっと拳を握った。

「――被害者なのに、なんで好きでいられる？　あいつは真人間じゃない。アンタ、一度でもきちんと、されたことを責めた？」

前のめりに屈《かが》み込み、臼井が路の顔を覗いてくる。吊り眼を細め、軽蔑したようにため息をつく。

「言いたいことも言わずに、負け犬根性で生きてくつもりですか？　そんなもんが、恋愛感情だなんてわけ、あるかよ。アンタ見てると、根っからの被害者ってこういうのかと思って……吐き気がするんです」

休憩時間の終わりを告げる予鈴が鳴った。衣擦《きぬず》れのような雨音に混ざり、それは路の鼓膜に響き渡る。保健室、自分で行ってくださいね、と言って、臼井は背を向けた。

「アンタたちを引き裂けたから、俺の復讐は終わりでいいや」

これ以上アンタに構うのも、苛《いら》つくし、と臼井は呟いた。

「俺を恨まないでくださいよ。結局、脅されたら揺らぐ。お互いにその程度の気持ちってことなんですから」

鼻で嗤う臼井の顔を見ると、酷薄な眼の中に笑みが広がっている。

傷ついた路の顔を見て、多少満足したのか、あとはなにも言わずに歩み去っていくその背中を、路は言葉もなく凝視していた。

その日、路はもう教室にも戻らず、予備校も休み、真っ直《ます》ぐ家に帰った。具合が悪いからと言って、部屋に引きこもり、電気もつけずにベッドの上で丸くなった。

「風邪？　おかゆでも作ろうか？」

気遣わしげに訊いてくれる母に、いらない、大丈夫、寝かせてと頼み、一人にしてもらった。

眠気はなかなか訪れず、路はくるまった布団の中で、眼を開いたままじっとしていた。ショックを受けていた。落ち込んでいた。けれどその理由は、自分でもよく分からなかった。

（……森尾が臼井を抱いていたのが、ショック？）

そうかもしれない。けれど路は、森尾の性体験が豊富なことは知っていた。

（じゃあ……レイプしていたのがショック？）

そうかもしれない。けれど自分だってされているのに、なぜ今さら、裏切られたような気持ちになることがあるのだろう？

（臼井がかわいそう……？）

それもあるかもしれない。臼井と自分を重ね合わせると、同情してしまう。自分にとっての岸辺《きしべ》たちが、臼井にとっての森尾なら……それはとてつもなく恐ろしく、苦しい記憶だろう。まして臼井はそのとき、十四歳だったのだ。

かといって、臼井の言う「復讐」はあまり褒められたものではない。そんなことをしても、意味なんてないと思う。

（臼井がなにもしなくても、俺と森尾は……いつかは離れたんだろうし……）

森尾だって、今だけのつもりだったと言っていた。

路の中には、モヤモヤと様々な感情が湧いては消えていった。自分への、臼井への、そして森尾への怒り、憎しみ、悲しみ……。

――被害者なのに、なんで好きでいられる？

その問いを、自分の中でも繰り返す。

（俺の好きは……ただの言いわけ？　……自分が傷つかないよう、好きなフリをしている？　あれはレイプじゃなかったって、愛があったって、思いこもうとしてるだけ？　なら俺は、森尾を好きでいるのを、やめたほうがいいのかな――）

考えたけれど分からず、路はやがて疲れて、うとうととまどろんだ。

どこかからか、川のせせらぎが聞こえる。いつの間にか路はランドセルを背負った、幼い姿になっていた。

大きな眼鏡をかけ、とぼとぼと川べりを歩いている。今日もまた、誰とも話をしなかったと、そんな淋しさが鉛のように重たく、胸に詰まっている。

ふと顔をあげると、同じクラスの森尾が道の先を歩いているのが見えて、路は一瞬足を止めた。

いつも誰かと一緒にいる森尾が、今日は珍しく一人だった。のんびりした足取りで、時折川のほうを眺めているその背中は、同じ小学生とは思えないほど大きい。

駆け寄ってみようか。

頭の隅で、路はそんなことを考えた。

駆け寄っていって、声をかけたら、振り向いてくれるだろうか。崎田路。その名前を、呼んでもらえるだろうか。

けれどそのすぐあとに、路はばかだなあと自分をたしなめた。

森尾が自分の名前を、覚えているわけがない――。

けれど夢の中で、うつむいて歩き出す小さな自分へ、十八歳の路は声をかけたかった。

知ってるよ。そんなことない。知ってるよ。

森尾は、俺の名前を知ってる。

だって森尾がそう言ったんだ。

――知ってるに決まってるだろ、ガキのときからずっと一緒なんだから。

少し照れたように、怒ったように。路を優しく抱いたあと、森尾はそう言い、路は泣いた。胸がいっぱいになって、嬉しくて泣いた。

他にはなにもいらなかった。ただ、森尾が自分の名前を知ってくれているというだけでよかった。それだけで生きてゆける。それだけでもう、十分すぎるほど満ち足りた。あの一瞬、それは曇りのない真実だった……。

ぱちりと眼を開けると、階下からガタガタと騒々しい音が聞こえてきた。

布団から顔を出して見ると、カーテンの向こうはもう真っ暗だ。さすがに少し空腹で、部屋を出て階下へ下りる。時刻は夜の九時ごろで、父親はまだ帰っておらず、母親が奥の間でなにやら押し入れを漁《あさ》っていた。

「……お母さん、なにしてるの？」

普段使っていない和室に、段ボールがたくさん出ている。路が訊くと、押し入れに頭を突っこんでいた母が、「あっ、路。具合はいいの？」と訊いてきた。

「テレビでね、収納の特番をやってたのよ。いらないものはどんどん捨てなさいですって。ここ、何年もほったらかしだったから、一度整理しようかと思って」

影響されやすい母らしい。路はふうん、と言いながら、しゃがみこんで段ボールを覗いた。懐かしい、小学校時代のアルバムが入っていた。

「さすがにこれは捨てられないわねえ」

と言いながら、母はアルバムを開く。クラス写真の中に、路は今とあまり変わらない、幼げな容姿で写っている。大きな眼鏡が特徴的だった。

「森尾くんはこのころからカッコいいわね」

母が弾んだ声で言う。同じ写真に、森尾の姿もあり、それは飛び抜けて大人びていた。

「よく考えてみたら、路の命の恩人なのよね、その森尾くんが仲良くしてくれて、お母さん嬉しいわ」

無邪気な母の言葉に、路は優しく、小さく微笑んだ。林間学校の途中で、道に迷った路を負ぶって、助けてくれたのは森尾だった。森尾はそのことを、覚えていないだろうけれど。

(良いことも悪いことも……森尾は覚えてない。……なんでもできて、できすぎて、森尾はたぶん、そういうことを全部、忘れちゃうんだ)

期待してはダメだ。甘えてはいけない。

けれどそれは森尾に限った話ではない。他人の気持ちに、自分の気持ちの理由を置いてはいけない。自分の気持ちは、自分だけのものだとふと、路は思った。

(……被害者でもそうじゃなくても、俺は森尾を好きだと思ってしまう。それは、変わらない)

それが卑屈だと言われても、もう仕方がない。

森尾を好きな気持ちは、ほんの幼いころからあったものだった。

ままならないな、と思う。

人を好きになることも、なってもらうことも、すべてがままならない。

手伝うよ、と言って、路はその晩遅くまで、母親と不要品の整理をした。

いらなくなったものを、「不要」と書かれた段ボールに次々と捨てていく。心もこんなふうに簡単に捨ててしまえたら……と思った。けれどそれがもしできるとして、はたして自分は森尾への思慕を、不要品の箱に放れるだろうか？

見ていると、母は懐かしいものが出てくるたびに手を止め、路はあのときああだった、こうだった、と思い出話が始まって、ぐずぐずしている。でも捨てなくちゃね、と自分に言い聞かせて、一つ捨てるにもいちいち決意していた。

「……無理に捨てなくてもいいのに」

ぽつりと路が言うと、テレビに感化されたのか、母が「ダメよッ」と張り切った声をあげた。

「捨てるってねぇ、勇気がいるけど、未来を選ぶってことでもあるのよ。もちろん、捨てない未来も選べるけど……なにか捨てて選んだら、次に選べるものが増えるの。テレビで言ってて、へえって感心したのよ」

母は小さなころに、路が作ったらしいがらくたのような制作物を指で撫でて、名残惜しそうに不要品の箱へ入れた。

「捨てないでいると、自分が選ばなかった未来への未練みたいになるときもある……お母さんね、路のこと、丈夫に産んであげられなかったってよく思ってたけど」

母が泣くのではないかと、路はぎくりとしてその横顔を見る。けれど母は、穏やかな眼をしていた。

「じゃあ時間を巻き戻せたら、健康で、なんの問題もない路を選びますか——って言われたら、はっきり選ばないって思ったの。今の路が、お母さんにとっての大正解だなって」

だから過去より、未来のほうが大事なのよね、と笑って、母は今度は思い切りよく、手にしたものをどんどん捨てていった。

「なにか選ぶかあ……」

ぼんやり呟いた路に、「なんでもできるって、実は危険なことよ」と母は力説した。

「なんにも選んでないって、なんでもできるようでいて、本当はなんにもできないでいるってことなのよ」

お母さん、やけにいいこと言うねと路は笑ったが、それは自分にも言えることかもしれないなと思う。自分はどうだろう。森尾を好きでいたけれど、ただ好きなだけで、自分から、きちんと手を伸ばしたことはあっただろうか？

（去年、自分を変えようとしたとき……）

おはようと挨拶をするとか、勇気を出して人と話すとか、笑顔になるとか。一つ一つは苦しかったけれど、そうすることを選んだとき、前よりも自分を好きになれた。

同じ場所で立ち止まっていても、意味はない気がした。なぜなら路はもうとっくに、どうするべきかを選んでいる。

母と一緒に不要品を箱に捨てていくうちに、路の心は不思議と落ち着いていった。そうして胸の中に、一つの決意が、自然と生まれてくるのを感じていた。

三

『話があります。時間ください』

翌日、路《みち》は初めて自分から臼井《うすい》へメールを打った。

心配していた足首は、寝て起きたら大分よくなっていて、もうあまり痛まなかった。

その日の昼休み、黒田《くろだ》に「用事があるから」と断って路は待ち合わせの屋上へ一人であがった。屋上には人気がなく、待っていた臼井はどこか不機嫌そうに欄干にもたれていた。

「なんですか？　もしかして、俺と付き合ってくれる気になりました？」

屋上は肌寒く、冷たい風に頬がなぶられた。路は深呼吸して、臼井の前に立った。

「……臼井は俺が、本気で好きなわけじゃないだろ？」

本当は、付き合ってほしいなどと思っていない。

さすがにもう、はっきり分かる。そう言うと、臼井は舌打ちしてそっぽを向いた。

「昨日、話を聞いて考えたんだけど……もしかしたら俺が森尾《もりお》を好きなのは、本当に被害者意識をこじらせてるからかも、しれない」

臼井が路を振り返る。路は意志をこめて、「でも」と言葉をつけ足した。

「……でも、俺はずっと昔から、森尾を好きな気持ちがあった。今俺が森尾を好きなのは、レイプと無関係じゃないかもしれないけど……でもやっぱり、俺の意志で、選んでることなんだ」

この気持ちは、森尾のせいじゃない、と路は呟いた。森尾は路に、好きでいろとは言っていない。ひどいことをされてもなお森尾を好きなのは、路の選んだことだった。

「臼井は俺にどうしてほしかった？　俺が森尾じゃなく、臼井と付き合ったら、森尾に対してざまあみろって思えた？」

ただただ不思議で訊ねる。臼井はしかめ面になり、「べつに……」と呻《うめ》いた。

「ただ、そうなれば小気味いいと思ってただけです。アンタを奪えば、森尾先輩の鼻を明かせるし」

それだけ？　と、路は首を傾げた。

「臼井は……森尾に分かってほしかったんじゃないの？　自分がどれだけ、傷ついたか……少なくとも俺は去年、森尾に……そう思ってたよ――」

森尾に憐れんでほしい。振り返ってほしい。分かってほしい。

必死にそんなことは考えていない、どうだっていいと思いこみながら、本当は心の底で、そう願っていた。

「でも……森尾は、あるときから反省してくれたようだった。今、俺と距離をとってるのも、本当は臼井になにか言われたからなら……森尾は、臼井のことも、後悔してるんじゃないのかな？」

「後悔してれば、許すべきだとでも？」

冷たく言い放つ臼井に、違うよ、と路は苦笑した。

「……許さなくていい。臼井がそうしたいなら。……でも俺はもう許してるし、許したいんだ。だから俺から森尾に近づく分は、仕方ないと思ってほしい」

「なんですか、それ……」

臼井は冷たくせせら嗤い、欄干にもたれたまま腕組みをした。イライラしたように、片足の爪先で屋上の床を何度も蹴る。

「結局アンタも、自分が可愛いだけの人間なんスね。あんな鬼畜外道《きちくげどう》と、まだつるみたいなんて……あいつが俺になにをしたか分かってて、言うんだから」

「……そうだね。そうなのかも。臼井のことを考えると……苦しいよ。でも、俺は森尾が好きなままで、それは変えられない……」

答えると、臼井はムッとして路を睨んだ。

「森尾先輩にとって、それがいいことだとでも？　アンタや俺に近づかれたら、面倒くさいだけですよ、あの人は」

「……だからちゃんと、気持ちを言おうと思った」

　ぽつりと返すと、臼井が眼を見開いた。

「森尾に告白して、ちゃんとフラれる。そうしようと思った」

　床を蹴っていた臼井の足がぴたりと止まる。驚いたように、臼井が路を凝視している。

　路は小首を傾げ、「考えたんだけど」と続けた。

「罪悪感からでも、森尾がそばにいてくれるならよかった。……だから今まで、俺の気持ちを言えなかったんだ。だけど、そうじゃない。本当は森尾と、対等になりたいんだ」

　過去は消せない。やり直すこともできない。

　けれど罪滅ぼしに、友だちになってほしかったわけではない。

　それなら勇気を出して、一歩踏み出したほうがいい。どうせ失うのなら、自分から未来を選びとろうと思えたのは、臼井の行動がきっかけだったと思う。

　ありがとう、臼井、と路は囁いた。

「負け犬根性のまま、生きてくところだったね。……言いたいことは言うことにする。勇気を出さなきゃ」

　子どものころ、路は遠くに見える森尾の背中に駆け寄ろうかと考えて、いつもそうしなかった。自分のことなど知るはずがないと思って、怯えていた。誰だよ、お前。――そんな態度をとられたら、きっと傷つくから。

けれどそんなふうに恐れる必要など、なかったのだ。森尾は路の名前を知っていた。駆け寄って声をかければ、崎田《さきた》、と呼んでもらえたかもしれない未来が、あのときの路にはあった。ただ、それを選ばなかったというだけだ。

罪悪感で森尾を縛ってはならないと躊躇い、なにも言わずに退いてしまえば、それはあのころと同じ過ちを繰り返すことになる。

相手の心は見えないのだから、自分の心でできることをするしかない。臼井に言われなければ、一度は気付いたはずの勇気の出し方を、また忘れてしまうところだった。

もし自分で選んだ結果なら、たとえフラれても、きっと納得できる。昨夜、母は時間を巻き戻せても、やっぱり路を選ぶと言ってくれた。路は、自分も同じだと気がついた。時間が巻き戻せても、きっとまた、森尾に恋をする。

レイプされてもされなくても、きっと森尾を好きでいる。

「臼井はちゃんと、言ったんだもんな。森尾にも、俺にも。言いたいこと……」

ニッコリすると、臼井は怒りで、顔を真っ赤にした。

「頭おかしいんじゃないのか。自分を犯した相手に、告白なんて……」

ばかげてると唾棄し、臼井は足を踏み鳴らして屋上を出ていった。出入り口の扉のところで振り返り、噛みつくようにつけ足す。

「望みなんてないですよ。アンタみたいなチビは、あいつの好みじゃない」

「……知ってるよ」

路は返した。声は穏やかで、凪《な》いでいた。何度も思い返し、確認して傷ついてきたその事実に、今はもうあまり傷つかなかった。慣れてしまっただけだろうけれど、相手が自分を好きだから好きなわけでも、優しくされたから好きになったわけでもないことを、路はもう分かっていた。

（森尾が森尾だから――俺は初めから、ずっと、森尾が好きなんだ……）

屋上の扉が閉まり、一人になると、路は心の中で誰にともなく言った。

（……どうして、理由も分からずに、誰かを好きになってしまうんだろう）

十代特有の熱病みたいなもの？　だとしたらこの気持ちは、黒田が言うようにいつか冷めるものなのかもしれない。

この恋は真実などではなく、嘘なのかもしれない。ばかげた妄想なのかもしれない。好きや嫌い、恋や愛に、正解や不正解はあるのだろうか。もっと大人になれば、賢い恋愛だけできるのだろうか。たとえば、自分を好きになってくれそうな人だけ、好きになったり？　誠実で優しく、どこまでも正しい人だけを愛したり？

そんなふうに器用になれたら、今の恋なんてあまりに愚かしく見えるのかもしれない。

路には分からない。どれほど未来を思い描いたところで、路は今、ただの高校生で――

そうして森尾祐樹《ゆうき》だけが、好きで仕方がないのだから。

教室に戻ると、窓際の席に森尾が座っていた。英語の参考書を、一人で眺めているその横顔は、いつものように退屈そうで、愛想がなかった。路はしばらくそれを見つめ、大きく息を吸いこむと、森尾の前の席に腰を下ろした。昼休みなので、幸いそこは空いていた。

「も、り、お」

一字ずつ区切って、そっと呼びかける。驚いたように眼を見開き、顔をあげた森尾を見た瞬間——自分でもびっくりするほど、心が弾むのが分かった。自然と笑みがこぼれ、路の胸の中に、温かく優しい気持ちがぱっと広がっていった。

「……足、大丈夫なのか？」

数秒間、森尾は言葉を失ったように固まっていた。茶色い瞳に、戸惑いがうつろう。訊いてくれた森尾に、路は怪我を気にかけてくれていたのだと知り、嬉しかった。

うん、平気だよ、と答えながら、やっぱり分からないと思った。

（森尾がなにを考えているかなんて、これっぽっちも、分からないや——）

怪我を気にしてくれていたことは森尾の情なのか、優しさなのか、ただ記憶に残っていただけか。森尾の頭の中のことは、まるで分からない。

きっと互いにあまりに違いすぎ、あまりに偏っていて、理解し合えない。けれどそれを淋しいとは、もう思わなかった。

「……話したいことがあるんだ。いつなら時間とれる？」

言おうと決めていたことを訊くと、森尾が一瞬真顔になった。形のいい眼をさまよった感情が不安なのか、恐れなのか、それとも煩わしさなのかは分からなかった。

森尾は沈黙のあと、「予備校に、行く前なら」と言った。路はじゃあ放課後、と約束した。人目が気になったので、待ち合わせ場所は森尾が最近、いつも使っているバス停にした。そこを使う生徒はあまりいないし、もしいても、少し移動すればいい。バスの時間ぎりぎりまでは話ができる。

「俺は今日、当番なんだ。ゴミ捨ててから行くから……待ってて」

「……分かった」

森尾は所在なさげに、ときどき参考書のページをめくり、また戻したりしている。落ち着きのない仕草から、少なからず緊張が伝わってきた。路はほとんど反射的に、その指に、そっと自分の手を乗せていた。

森尾が驚いて、肩を揺らした。握った指はとても冷たい。けれど路はもっと早く、もっと前にこうすればよかったと感じた。触れると、心の底からホッと安堵した。見えない森尾の心に、少しだけ触れている気がした。

自分から踏み出した一歩、自分から切りだした一言、自分から触れた指は、どれも路に勇気をくれる気がした。体の内側から、力が湧いてくるようだった。

森尾は戸惑っているように見えたけれど、笑っている路を見て、なにか気が抜けたような顔をしてもいる。

あとでね、と路は一方的に言い、自分の席へ戻った。いつの間にか、わだかまっていた感情がほどけて、吹っ切れていた。ご機嫌じゃん、と山野《やまの》にからかわれたときも、路は素直に「うん」と頷いた。


放課後になり、クラスメイトが教室から出ていくと、当番の路だけが残っていた。森尾に告白することにした、と、路は黒田にメールを送った。部活中だからだろう、返事は来なかったが、反対されるのは眼に見えているので、事後報告のほうが都合よく、路はあえて放課後まで報告を待ったのだった。

泣いても笑っても、一回こっきりの告白だ。

フラれるだろうと思っているけれど、それでも言おうと決めると妙に心が楽になった。

本当はとても緊張している気もしたが、それよりも高揚する気持ちが強かった。

教室の掃除をすませ、ゴミを捨てて戻ると、もうほとんど日が落ちて、教室も暗くなりかけていた。荷物をまとめ、急いでバス停へ向かおうとした矢先だった。

「なに？　こっち？」

「なんで今さら俺らがァ？」

覚えのある下卑《げび》た笑い声が聞こえてきて、路はぎくりと体を強ばらせた。

自然と息が止まり、心臓が嫌な音をたてはじめる。大丈夫。じっとしていれば、きっと眼の前を通りすぎていくはず。そう思って硬直していると、突然教室のドアががらりと開いた。

「どうも」

入ってきたのは臼井だった。とたんに、路の体から力が抜けていく。なんだ、臼井か。どうしたの、部活は？　そう訊こうとして、声が口の中で消えてしまった。

臼井の後ろから、ニヤニヤと嗤いながら入ってきた、見覚えのある影に路はさあっと血の気が引いていくのを感じた。

「なんか呼ばれたからきたけど」

「また俺らに相手してほしいってホント？」

「こないだみたいに吐かないでくれよ」

そこにいたのは、岸辺《きしべ》たち三人組だった。噂によると、とっくに受験は諦めて、全員就職組らしい。勉強もしておらず、いつもフラフラと帰っていくところを見かけていた。球技大会の日に、久しぶりに出くわして以来、二ヶ月ぶりだ。

路は足が震えだすのを感じた。

(どうして、なんで、臼井が……岸辺たちを)

思わず見ると、臼井は冷たい眼をして扉口に立っていた。

「レイプした男を好きになるらしいから、犯されるのが好きなのかと思って」

肩を竦め、臼井は「軽蔑します」と嗤った。

「昔の——一番気持ち悪い自分を見てるみたいで、虫酸《むしず》が走るんですよね」

路は突然、鈍器で殴られたように強い衝撃を感じた。急に、はっきりと理解できたのだった。臼井は路を通して、犯された直後の自分を見ているのだと。

森尾にひどいめに遭わされながら、森尾を好きだと思っていた自分。期待して、けれど裏切られ続けた自分。今の臼井はそんな過去を憎んでいる。だから路は、臼井にとって否定すべき存在そのものなのだ。

「臼井……だからって、こんなこと」

声がかすれ、路はポケットに手をいれて、携帯電話を出そうとした。けれど大股に近づいてきた岸辺に腕をとられると、呆気《あっけ》なく宙づりにされた。ポケットから飛び出した携帯電話が、床を滑って飛んでいく。

「また吐かれたらなにもできねーから、誰か口に詰める物持ってこいよ」

岸辺が言う。路は信じられない思いで、岸辺を、そして臼井を見た。臼井は素知らぬ顔であさってのほうを見やり、見張りのように扉口の前に陣取っている。岸辺の仲間の一人が、ロッカーに放られてある、誰のものか分からないタオルをとって路の口に詰め込もうとした。

「い、嫌だ！　やめろ！」

激しい動悸のせいで、頭の奥で耳鳴りがしていた。迫《せ》り上がってくる吐き気とともに、

思い出したくもない去年の映像が、一気に脳裏へ押し寄せてくる。

路の体を暴き、揺さぶり、嗤っていた岸辺たち。汗と精液の生臭さ。下肢に張りついた

他人の精。

――俺は大きな筒。

物みたいになっていた、自分の心。

酸っぱいものが口の中に広がり、胃からむかむかと吐き気があがってきた。けれど吐く

より前に、口にタオルを突っこまれていた。

「ん！　うっ、うーっ、う、う！」

抵抗しようともがく体を乱暴に投げられ、路は背中から机に突っこんで、そのまま床に

落ちた。ぶつかった机がガタガタと音をたてて崩れ、埃が鼻に入ってくる。打った背中が

軋《きし》むように痛み、起き上がろうとするより先に、腹部に足を乗せられていた。

「森尾に可愛がられて、前より感度よくなったか？」

「確かめてあげるね、イインチョー」

誰が喋っているのか、もうよく分からなかった。涙で眼の前が曇り、路はえづいた。けれど胃から迫り上がってきたものは、タオルに吸収され、喉の奥で逆流して路の鼻に不快な、酸っぱい胃液の臭いをこもらせる。

無理矢理ブレザーを脱がされて、シャツに手をかけられる。押さえこまれ、足を持ち上げられたそのとき、鈍く、人が人を殴る音がした。

「なにしてんだお前ら！」

怒鳴り声は黒田のものだった。同時に誰かが足を振り上げるのが見え、岸辺が吹っ飛んだ。机が倒れ、息を乱した森尾が、「お前ら……性懲りもなく……っ」と、岸辺の仲間の胸倉を摑んだ。

「冗談、冗談だって」

三人組の、最後の一人が言い、鳩尾を押さえながら立ち上がった岸辺が「おい一年、話が違うじゃねーか」と臼井に悪態をついた。

「森尾には許可とってんじゃなかったのかよ」

「俺ら、お前が崎田と別れたって聞いたからさー、違ってたのかよ？」

「ケンカはやめとこ。な？　就職先紹介してもらえなくなる」

岸辺たちはあっさりと身を退いた。そして扉口で誰かに殴られ、頰を赤く腫らしてへ

たりこんでいる臼井の肩を蹴りつけてから、出ていった。黒田がそれを追いかけていき、「臼井とはこっちで話つけるから、お前らは手、退いてくれ」と言っているのが、うっすらと聞こえる。おそらくこの後、岸辺たちが臼井に報復しないようにそう言っているのだろう。

「……崎田」

気がつくと、眼の前に森尾の心配そうな顔があった。抱き起こされ、口のタオルを取り除いてもらう。とたんに吐き気が戻ってきて、路は口と胃を押さえてうつむいた。背中に、そっと触れる大きな手。森尾の手だ。気遣うようにさすられているうちに、少しずつ、吐き気はおさまっていく。

(……おか、犯され、なかった)

溜まっていた涙がぼろっとこぼれて、床に落ちた。今さらながら恐怖を思い出し、ぶるぶると震える。

「なに、正義の味方ぶってんだよ」

不意に、しわがれた声が聞こえた。顔をあげると、扉口に寄りかかり、臼井が嘲笑を浮かべていた。

「……アンタも同じことしてるだろーが、森尾先輩。俺にも、その人にも」

しゃがみこんでいた森尾の体が、ぎくりと固まる気配を路は感じた。臼井は疲れたように息だけで嗤う。

「なんでその人には償って、俺は放っておかれたんですかね？　……分かるかよ？　アンタみたいなイカれたクズは、普通の、壊れやすいのと、関わっちゃいけないんじゃねーの……そういう資格、ないだろ」

愛するのも、愛されるのも、資格ないだろ、と臼井は呟く。

そっぽを向き、虚空《こくう》を見ている臼井の唇がわななき、その瞳に、うっすらと涙の膜が張る。ほんのわずかに射しこんでくる西日が、臼井の涙に反射して光り、路は思わず息を呑んだ。その拍子に、臼井の眼から、とうとう一粒、涙がこぼれて頰を伝っていく。

「アンタのせいで、俺までクズになったんだ……」

言葉もなく、路は臼井を見つめた。憎いとは思えない。けれど許すとも言えない。それは自分が残酷だからだろうか？

黙っていると、森尾が「そうだな」と、呟いた。

「――悪いのは俺だ。でもお前が……お前が崎田にしたことは、お前が、選んだことだ」

――崎田は、クズになってない。

森尾はそうつけ足した。臼井がみじろぎ、それから、悔しそうに唇を嚙んだ。立ち上がると、フラフラと教室を出ていく。ちょうど黒田が戻ってきて、

「崎田、臼井とは俺が話しとくから」

そう言うと、臼井を連れていく。よく見ると、部活の途中で抜けてきたらしい、黒田は練習着の姿だった。

取り残された路と森尾は、しばらくの間、互いに言葉もなく座り込んでいた。気がつくと教室の中はすっかり暗く、西日の残滓《ざんし》さえ消えている。立てるか、と訊かれて、路はうん、と頷いた。

「……送るよ」

森尾の言葉に、路はゆっくりと立ち上がった。そのときにはもう、涙は消えていた。

外へ出ると、晩秋の冷たい風が身に染みる。あたりは薄暗く、もう街灯がついている。けれどその情景も、道を通りすぎていく車の音さえも、路にはよく見えず、聞こえなかった。我に返ったのは、バス停の横を行きすぎるときだった。

「……森尾。そうだ、予備校」

路は立ち止まり、バス停と森尾を見比べた。腕時計を見ると、もう大分時間が経っている。

「ご、ごめん。予備校遅刻しちゃうだろ。俺、自分で帰れる」

慌てて言うと、森尾はいつもの、淡々とした無表情で「いいよ」と言った。

「今日は休む。一日くらい行かなくてもいい。……ちゃんと送るから。お前は、気をつかわなくていい」

「でも……」

「いいって」

森尾は断言し、先に立って歩きだす。そうなるともう強くは出られず、路も遅れてついていった。角を曲がり、路地に入るころには、森尾が歩調を落として路の歩幅に合わせてくれていた。

ささやかな――分かりにくいその優しさに、胸の奥が熱くなったけれど、なにから話せばいいのか分からない。うつむいたまま歩く道すがら、ふと森尾が「ごめん」と言った。

「……校舎を出る前、岸辺たちと臼井が一緒に歩いてるのが見えて、胸騒ぎがして。臼井を探してる黒田にたまたま会ったから、一緒に教室に戻ったんだ。そしたら……まさか、あんな」

そこまで言って、森尾は悔しそうに息を吐いた。小さな声で、くそ、と呟く。

「……謝って許されることでもないけど、俺が……俺のせいだ。……ごめん。臼井に、聞いたんだろ？　俺があいつに、なにしたか」

俺のせいで、お前を巻きこんだ。と、森尾は言い、路は「そんなんじゃないよ」と慌ててそれを遮った。どちらの声もかすれていて、互いにうろたえている。それが分かった。

「……臼井がしたことは、臼井の責任で……森尾は関係ない。……他のことだって」

今までも話してきたけどと、路は喘ぐように言葉を接いだ。

「浦野《うらの》や、岸辺のこと……あれも、森尾にはなんの責任もない」

「きっかけを作ったのは俺だ」

頑《かたく》なに言う森尾に、路は悲しくなった。違う。違わない。

今までも、森尾とは何度か似たような問答をしてきた。路がなにを言っても、森尾の罪悪感が消えることはない。路が許そうが、許すまいが、そんなことはなんの関係もないのだ。そのことに、路は言い知れない無力さを感じる。

「あのね森尾。……俺にだって責任はあるんだよ。臼井や森尾にだめなところがあるなら、俺にだって、そういう部分はある――」

ぽつりと続けると、森尾は立ち止まって路を見下ろした。森尾は傷ついたような眼をしていた。訊かなくても、そんなわけがあるか、という気持ちが伝わってきた。

それでも路は、ごまかしようもない、自分の心を知っていた。

「臼井がどんなふうに苦しんできたのか、俺、少しは想像できる。かわいそうだとも思ってる。……なのに、森尾が優しくしてくれたのが、臼井じゃなくて、俺でよかったって……そう思ってる」

それは浅ましく、みっともない優越感だった。恋心ゆえの、さもしい感情だった。

どうして森尾が、路にだけ償おうとしてくれたのかは分からない。もしかしたら、自分が臼井の立場になっていた、その可能性もあるのだ。森尾に振り向いてほしい、優しくしてほしい。そう思いながら叶わず、孤独なままに憎しみを募らせた可能性は、自分にだってある。

（それに俺は、岸辺たちと森尾を、明らかに区別してる……）

されたことは大差ないのに。それを自分勝手と言わずして、なんというのだろう？　路にはこの感情が、身勝手さが、恋情だということしか分からない。

「お前の気持ちは、ワガママでもなんでもない。俺や臼井がしたこととは、まったく性質が違う」

はっきりと否定する森尾に、路はもう耐えられなくなった。自分は、そんなにきれいな人間じゃない。

「違うよ、森尾。俺が森尾だけ怖くないのは、怖くないのは――」

息を吸いこみ、呼吸を整える暇もなかった。薄暗い路地裏の道ばた。誰がいるかも分からない場所で、路はもう我慢ができなくなって立ち止まり、一息に言っていた。

「好きだからだ。森尾が、好きだから……」

心臓が、壊れたみたいに大きく鳴っていた。顔が熱くなり、森尾を見上げる眼が潤む。

路につられて歩みを止めた森尾が、驚いたように眼を瞠るのが見えた。

——森尾が、好き。

一度外に出してしまうと、気持ちはとめどなく胸から溢れてくる。路は堰《せき》を切ったように続けた。

「ずっと前から好き。たぶん、小学生のころから、ずっと森尾が、好きだった。だから……だから、抱かれたことは、全然、ちっとも、嫌じゃなかった。抱かれて嬉しかった」

森尾が俺を見てくれて嬉しかったと、路は言葉を重ねた。涙がにじみ、慌ててうつむく。

「……悲しかったのは、森尾に嫌われてたことだけ」

とうとう言ってしまった。タイミングは、ほとんど最悪に近いと分かっていたけれど、口から出たものをもう戻せるはずもない。

森尾からは反応がない。沈黙が怖くて、おそるおそる顔をあげると、まだ眼を見開き、呆然《ぼうぜん》と路を見下ろしている森尾の、心底驚いた顔があった。

「……だって。そんなの、嘘だろ」

喘ぐように口にし、森尾は額に手をあてて、首を横に振った。

「だってお前、それなら俺が言ったとき……どうして返事を」

そこまで言ってから、森尾は独り言のように「いや……聞こえてなかったのか？」と呟いた。その大きな体から、不意に力が抜けていくのが路にも分かった。緊張が解けたというよりも、拍子抜けして脱力した……という感じだった。路には森尾がなにを考えているか分からず、ただじっと答えを待つしかない。

「俺だってお前を……俺も……俺だって、そんなの、俺も……」

小さな声で何度も躊躇いながら紡がれる言葉を、路は全身で聞こうと構えた。俺も。そのあとに続く言葉に、胸が痛むほど期待した。

――俺も好きだって、言って。森尾。お願い。

訴えるように見つめる。

あたりは日が暮れて、人気のない淋しい道路にはぽつぽつと街灯が点っている。数メートル先にあるコンビニエンスストアの明かりだけが、やけにまぶしい。車も通らず、バスもない。星も見えない曇った夜の中、森尾の眼は街灯の明かりを映し、青白く揺れている。

「……」

長い沈黙のあと、森尾の唇から漏れたのは、湿った空気の音だけだった。好きだとは言われなかった。

苦しそうにその顔が歪み、森尾はどうして、と喉の奥で呻いた。

その眼に、じわじわと涙がこみあげてくるのが、路の眼にもはっきりと分かった。

消え入りそうな声で森尾は「ごめん」、と言った。

とたんに、時が止まったような気がした。

「……ごめん。嬉しいよ。すごく、嬉しい。でも……受け取れない」

受け取れないんだ、と森尾は繰り返してうつむいた。大きな手で、制服のシャツの上から、左胸をぐしゃりと摑む。まるで胸が張り裂けそうだというように。

落ちた前髪の間から、森尾がこぼした涙がきらきらと光って落ちるのが分かった。

「受け取れない。ごめん……俺には」

——そんな資格がない。

涙まじりの声で言う森尾に、路はどうしていいか分からずに立ち尽くしていた。

（資格って……？）

そう訊きたかった。路からの告白を受け取る資格とは一体なんなのか、森尾に問いたい。

「臼井が言ったこと、気にしてるの？　愛するとか、愛される資格がないっていう……」

訊いても、森尾は首を横に振るだけだ。そうじゃない、もっと別のことだと言うように。

「じゃあ……つまり、俺、フラれてるんだよね？」

そう言うと、森尾はまた、首を横に振る。

「じゃあ、まだ好きでいていいの？」

けれどそう重ねると、少しの沈黙のあと、森尾はそれにも首を横に振った。左胸を摑む指に、ぎゅっと力が入っているのが見えて、森尾が苦しんでいるのだと分かった。

鼻の奥がツンと酸っぱくなり、熱いものがこみあげてくる。

（どっち？　……どっちでもない。森尾は俺の気持ちを受け取れなくて、困ってるんだ）

それだけが分かった。こぼれた涙が、頰を伝った。

路の幼い恋が、終わろうとしている。あまりにも呆気なく。

――こんなものか。

頭の隅で、そう思う。他の誰より、なにより、自分のすべてを捧げるような恋でも、相手に受け取ってもらえなければなにも始まらないし、終わりにするしかない。

（……いや、分かってた。伝えてしまえば、そこで終わるって……）

森尾が路を受け入れてくれないことは、薄々気付いていた。分かっていて伝えたのだ。このままなにも言わずに卒業し、離れるよりはずっといい。せめて――せめて卒業までは、友だちでいたかったから。

路は必死に、自分に言い聞かせた。

「そっか。うん、ありがとう。聞いてくれて。俺ただ、言いたかっただけなんだ」

――じゃあ、帰ろ。大丈夫、俺ちゃんと諦めるから。気にしないで、忘れていいよ。友だちでいよう。

そう言う自分の声が、どこか遠くからする。

森尾はじっと突っ立ったまま、微動だにしない。

――ちゃんと断ってくれてありがとう、ほんとに、そう思ってる。同情で付き合われたら困るし、だから森尾の答えは、それでいいんだよ。

「なあ、帰ろ」

お腹空《なか》いちゃった、と空腹なんて全然感じていないのに路はわざと笑い、森尾の腕をひこうとした。けれど学校指定のセーターを着たその腕に触れても、森尾は動かなかった。

森尾は低く、喉から嗚咽を漏らした。

大きな体。強い腕。なんでもできるはずの森尾が、片手で目元を覆い、しゃくりあげている。唇を噛みしめ、声を抑えようとしているが、嗚咽は途絶えない。その頬を、涙が幾筋も伝っている。

「……森尾」

悲しみも、淋しさも。

失恋の絶望も、苦しささえ、路は忘れてしまった。森尾が号泣している。強く、誰よりも恵まれて、悲しみなど知らないように見える森尾が。

(どうして泣くの?)

路の恋心を、受け取れないから? それを悪いと思って?

訊ねたところで教えてはくれない気がして、路はそっと手を伸ばした。高いところにある頭を両手で抱え、背伸びをして抱きしめる。

「泣かないで……俺は森尾に出会えて、よかったよ」

それだけはかけねなく真実だと思える。たとえ恋は破れても、森尾を好きになったから、路は変わることができた。

森尾の大きな手が、おずおずと路の背に触れ、子どものようにしがみついてくる。

夜の闇の中で、路の知らないシャンプーの香りが、森尾の髪からかすかに香っている。

胸が締めつけられたように痛み、悲しかった。

ぴったりとくっついていても、森尾の気持ちは想像すらできなかった。どうして泣くのと訊いても答えはないだろうに、訊ねなければ理由も分からないほどに、自分たちは違う生き物なのだと思わされた。

二人を隔てている溝を、なにで埋めればいいのだろう。

（離れているから好きになれるのに……違っていることが悲しいなんて）

人の気持ちは矛盾だらけだ。

大通りを、車が走り抜ける音が聞こえる。震える森尾の体を温めようと、抱きしめる腕に力をこめながら、路はいつか二人で見た、隣町の遠い花火を思い出していた。

音も聞こえず、光も遠かった、オモチャのようだった花火。二人一緒に眺めたのはほんの三ヶ月前のことなのに、もうずいぶん昔のことに思える。

今こうして寄り添っている時間も、瞬《またた》く間に過去になるのだ。

それでも、路は一生、森尾のことを忘れられない気がした。森尾にも、自分を忘れてほしくなかった。一方でこんなにも泣かれると、忘れてほしい気もした。

——もういいよ、忘れて、なかったことにして。

路はそう言いたかった。時間を巻き戻せたら、森尾は路と関わる前にまで戻り、けっして近づいてはこないかもしれない。けれどそうだとしても、責められない。自分は悲しいけれど、森尾がそれで救われるなら、そうしてほしいようにも思う。

(これが愛しいって、気持ちなのかな……)

いつの間にか、森尾のすべてを許していた。路の気持ちを、受け取ってくれないことすら。

けれどいくら許しても想っても、叶わない恋も愛もある。

路はそんなことを、ぼんやりと考えていた。

四

受験生の冬は、風よりも早くすぎ去る。誰が言ったか知らないが、予備校に模試、特別授業に面接の練習とめまぐるしく入試準備をすすめているうちに、二学期は瞬く間にすぎていった。

その日、路《みち》が森尾と黒田と三人で廊下を歩いていると、元バスケ部の佐藤《さとう》に呼び止められた。

「森尾《もりお》、みっちゃん、黒田《くろだ》。いいところに通りかかった！」

「二十五日さ、高校最後のクリスマス。元バスケ部で集まってパーッとやろうぜ。場所は大体決めてあんの。あとでメールするからさ」

「よりによってクリスマス当日とか、迷惑なヤツだな」

森尾が呆れた顔をすると、佐藤は「彼女いる野郎なんて、いねーじゃん」と肩を竦めた。

「みっちゃんも来てくれるよな？　な？」

覗きこんでくる佐藤に、路はくすくすと笑ってしまった。

「いいよ。行くよ。最後だもんな」

「やったー。みっちゃんが来てくれるなら、森尾と黒田も参加決定だな」

佐藤は一人で決めつけると、また連絡する、と嬉しそうに廊下を走っていった。

「呑気だよな。こっちはこれからウィンターカップだっての」

「出場しねーだろ」

ぼやく黒田に、すかさず森尾が突っこむ。ウィンターカップはバスケ部の冬の全国大会だが、チームは惜しくも予選で敗退していた。

「うるせーな。試合は見に行くんだよ。来年のために」

「お前もう、来年いないだろ」

やいのやいのと言い合う森尾と黒田の会話を聞きながら、路は少しだけ、臼井《うすい》のことを思い出していた。

あの事件——岸辺《きしべ》たちを使って、路を襲おうとした日以来、臼井とは顔をあわせていないし、メールもきていない。

路の勝手な推測だと、あの日臼井があんな行動をとった理由は、路が森尾に告白するのを阻止したかったからではないか……と思う。森尾を恨み、路に過去の自分を重ねて憎んでいた臼井にしてみれば、万に一つの可能性でも、路と森尾が結ばれるのは嫌だったのかもしれない。

それは過去の自分の、森尾への気持ちを認めるようでもあり——許しがたいことだったのではないか。

もっとも、真相はなにひとつ分からない。臼井はバスケ部に残っているようだが、部活には出てきていないらしい。面倒見のいい黒田が、再三家に足を運んで話を聞いているようだった。

「俺らが卒業したら、気がすんで出てくるって。たぶんな」

と、黒田は楽観的に言っていた。それが本当かは分からないが、そうであることを願うしかない。救いなのは臼井が出ないのは部活だけで、学校にはきていることだった。

森尾と路の関係には、大きな変化はない。

二人とも違う予備校なので、今も登下校は別だし、普段も前ほど一緒にはいない。ただ、黒田をまじえて三人で昼食を食べる習慣は戻った。

家に遊びに行ったりはしなくなったが、勉強で分からない箇所があると、路は休憩時間に、森尾に教えてもらったりしている。

ごく普通の友だち関係。はためには、そんなふうに見えているはずだった。

けれど二人きりになるとき、森尾はじっと黙りこむことが増えた。悲しそうな、切なそうな眼で路を見ていることもある。路はもう、なにも言わなかった。恋心は消えず、まだ森尾を好きだったけれど、振り向いてくれるとは思っていない。

卒業して離れれば、やがて痛みを忘れる日もくるだろう。路は忘れられないだろうが、森尾には忘れてもらってももうよかった。

それでもそばにいられる間は、無理に気持ちを閉じ込めるつもりはなかった。想いは伝えたのだから、これ以上できることもない。友だちとして接するけれど、好きなうちは好きでいる。一言でも、気持ちを伝えられただけよかったのだと、路はそんなふうに思いながら日々をすごしていた。


とうとう十二月も二十五日になり、学校は冬休みに入った。

受験生のおおかたは、ここから最後の追い込みに入る。

けれどその前に、佐藤が計画した元バスケ部でのクリスマスパーティが開かれ、路も呼ばれて、メンバーは学校近くのカラオケ店に集まっていた。

路は森尾と隣り合って座っていたが、他のメンバーにじゃれつかれ、森尾とはほとんど話せなかった。日頃の鬱憤《うっぷん》もあり、集まった面子《めんつ》はここぞとばかりにはしゃぎ、大騒ぎしている。小さな一室には、なにやら濃密な、特別な連帯感が流れていた。

これがもうみんなで集まれる最後だと、誰もが心のどこかで分かっている。酒が入っているわけでもないのに、場の空気に酔い、路は一瞬一瞬がまるでドラマのワンシーンのように印象的に、かたどられて見えるような気がした。

夜の十時をすぎたころ、佐藤が「森尾、みっちゃん送ってってたげろよ。ご両親が心配するから」と気を利かせてくれた。

「しっかりやれよ」

となぜだか、森尾の背中を叩いている。森尾は苦笑して「なんだよそれ」と肩を竦めていたけれど、路は森尾と先にカラオケを出て、帰ることになった。

一応今夜は遅くなる、と告げていたものの、母親は心配性だ。気がかりだったので、先に帰らせてもらえて路はホッとしていた。

「途中まででいいよ。森尾はまだ残りたかったろ?」

「や、俺もそろそろ帰りたかったから、いい」

本当か嘘かは分からない。

けれど森尾と二人きりで歩くのは久しぶりなので、路は嬉しく、その言葉に甘えることにした。

駅前の繁華街を抜け、路は森尾と歩いて帰ることにしようか、と話した。電車ならすぐだが、待ち時間を含めるとさほど変わらない。並んで帰路につくと、路と森尾は他愛ない会話をした。天気のことから、今日のカラオケで誰がなにを歌ったかというような。

冬の空気は冷たく、白い月はまるで夜空にはめこまれた真珠のように見えた。

路はかじかんで冷たくなった指先を口もとにあてて、息を吹きかけた。

「寒いねえ」

と言うと、不意に森尾の手が伸びてきて、片手を握られた。そのまま森尾のコートのポケットに、突っこまれる。優しい仕草に、路は小さく胸が弾んだ。

「ありがとう。森尾って、手が大きいなあ……」

「そうか？」

「うん。そうだよ」

「そうか……」

なんとなく、そのあとは無言だった。酔っ払ってでもいるかのように、足もとがふわふわと覚束《おぼつか》なかった。

家に着くと、玄関灯以外はすべて消えていた。どうやら両親のことは杞憂だったようで、二人とも路のことは気にせず、とっくに寝ているらしかった。

「なんだ。心配してなかったみたいだ」

携帯電話に、メールも届いていない。最近は二人とも、路のことを大人として扱うようになってきた。森尾と一緒だと伝えたこともあってか、気をもんだ様子もなく、少し拍子抜けした。

「ありがとね、ここまで送ってくれて」

門扉に手をかけ、路は森尾を見上げた。森尾の吐く息は、冬の夜空の中で白く染まっていた。

「これ……」

と、森尾がポケットから、なにやら小さな包みを取り出して、路に渡してきた。

「メリークリスマス。つまらないものだけど」

路は驚き、狼狽してしまった。

包みと森尾を交互に見る。まさかなにかもらえるなんて、まるで考えていなかった。

（……だって、どうして）

森尾が、黒田や他の友だちにプレゼントをしている様子はなかった。いくら負い目があるとはいえ――それは、路の告白で、ほとんど無意味なものになったはずだし、償いのつもりでくれているのだとしても、まったく想像していなかった。

「……あ、開けていい？」

訊ねると、両手をコートのポケットに突っこんだまま、森尾は「ん」と頷いた。

小さな、長方形の包みを開けると、革製のこじゃれたシステム手帳が出てきた。いいものらしく、手に持つと濃いネイビーの革がしっとりと指に馴染《なじ》む。

「……今どきスマホもあるし、手帳って。とは、思ったんだけどさ」

大学で、新しい生活始めるわけだし、と森尾が不器用につけ加える。

「やりたいこと、なんでもそこに書き込んで……スケジュールいっぱいにしてくれたら、嬉しいかなと……思って」

友だちも、たくさん作って。

アルバイトも、サークル活動も、勉強もして。

ぽつぽつと、森尾がつけ足す。

その拙い言葉の端々に、路の未来が明るいものであることを願ってくれている、森尾の気遣いを感じて、胸が温かくなる気がした。その熱は頬にまで伝わり、顔が赤らむ。

「ありがとう、すごく嬉しい。……でも俺、なんにも用意してなくて」

こんなにいいものをもらっておいて、申し訳なくなる。本当はなにかプレゼントしようかと考えたけれど、フった相手からのプレゼントなんて、森尾には迷惑だろうかとやめてしまったのだ。

「なにもいらないよ」

軽く言う森尾に、「でも、悪いよ」と路は本心から答えた。

「なんかないかな――、明日用意したらダメ？」

少し考えてからそうつけ足すと、不意に森尾が数秒、黙りこんだ。じっと路を見つめ、やがて、

「じゃ、これだけ……もらっていい？」

呟くように言うと、身を屈めてくる。

最初はそれがなにか、路には分からなかった。寒さのせいでかじかんだ鼻先へ、森尾の唇が触れる。鼻の頭へ、触れるだけのキスをされたのだと気付いたときには、もう森尾は、素早く路から離れていた。

頭の中に、電流のようなものが走る。

突然の衝動。路はわけも分からず——気がつくと離れていく森尾の服の袖を、咄嗟に摑んでいた。

「……森尾」

吐息のような声が漏れ、路はそれにびっくりした。

なんて大胆な。こんなことをしていいはずがない。そう思いながら次の瞬間、路は背伸びして、森尾の唇にそっと口づけていた。

森尾の唇は、温かく、少しだけ湿っていた。

そうしてキスをした直後に、路は後悔した。恥ずかしい。どうしてこんなことをしてしまったのだろう——気まずい気持ちがこみあげ、離れようと唇を離す。けれどその刹那、森尾の腕が背中に回り、強く、きつく抱きすくめられていた。

気がつくと、路は森尾と抱き合い、夢中で口づけあっていた。口の奥を舐められ、足から力が抜ける。よろめいたとたんに、背後の鉄格子に腰があたり、静かな住宅街にがしゃんと音が響いたが、路も森尾も気付かなかった。

舌をからませ、唾液を飲むようにしてキスを続けた。

――森尾。森尾、森尾、森尾……。

俺の好きな人。

心の中で、路は森尾のことをそう呼んだ。

どのくらいそうしていたのだろう。やがて唇を離し、見つめ合うと、間近に見える森尾の眼は潤んで揺れていた。夜空に浮かぶ星のように、その眼には街の灯《あか》りが点々と宿っている。

愛しさが胸に溢れてくる。

好き。好き、好き。森尾が好き――。

けれど声には出せない。森尾は悲しそうに、苦しそうに見つめてくるけれど、なにも言ってはくれない。今のキスはどういう意味？　どうして優しくしてくれるの？

そこに罪悪感以外の、別の感情があってほしいと願った。路はただ黙って、森尾の言葉を待っていた。

「……年が明けたら、アメリカに行く」

けれどそのとき、森尾が言った言葉は路には思いもよらないものだった。

――アメリカ？

よく知っているはずの単語の意味が、最初は分からなかった。森尾はじっと路を見下ろし、静かに、なにかに耐えるように言葉を続ける。

「出席日数は足りてる。担任に相談したら、SATの点数もいいから、あっちで語学スクールに通って、準備したほうがいいって。成績表も問題ないし、三学期いなくても、今までと変わらない評定がとれるようにしてくれるらしい。……入学時期も日本とは違うし、何ヶ月も無駄にするなって言われて――卒業証書も、送ってくれるって」

アラン・クラトンがいるのだ。叔父が教鞭をとっている大学で、特別に推薦状も書いてもらえる。そこで建築を学ぶ。日本には――いつ帰ってくるか分からない。

続けられる説明が、頭に入ってこない。路は呆然と、森尾を見つめていた。

「……考えたんだ。どんなふうになったら、お前といて許されるのか。……でも、答えが見つからない。ただ離れるしかないって……」

（どうして？）

――どうして急に、アメリカなの？

どうしてそんな遠いところ？　路には理解できなかった。二人はついさっきまで抱き合っていて、まだ互いの体温がうつりそうなほど近くにいるのに、急に路には、森尾がとてつもなく遠く感じられた。

「やだ……」

気付くと、路はそう、呟いていた。理性や知性、道徳も抑制も、なにもかもがすべて消えて、ただ強い感情だけが胸の中で爆発した。

「嫌だ。森尾、行かないで……」

涙がこみあげ、頬を滝のように流れだした。

「そんな遠く……もう、会えなくなっちゃうよ――」

みっともないと思う余裕もなかった。嗚咽し、森尾の腕にしがみつく。

森尾は悲しそうな顔で路を見つめていたけれど、「大丈夫、すぐに会える」とは言わなかった。「そのうち帰ってくる」とも言わなかった。「遊びにこい」とも、「アメリカには行かない」とも言わなかった。

だから路には分かった。森尾は本当に行ってしまって、路にはもう二度と会うつもりがないのだと。自分は本当に、置いていかれるのだと……。

ひどい、と路は呟いていた。責める資格なんてない。分かっているのに言葉を抑えられなかった。

「ひどいよ……、そんな遠くに行ったら……森尾は、俺のこと、忘れてしまう」

「忘れない」

帰ってくるとも、また会えるとも言わなかった森尾は、それだけは言ってくれた。悔しくて、小さな拳で胸を叩く。けれど分厚い森尾の胸板は、びくともしない。

森尾の腕が伸びてきて、路は優しく抱き締められた。

「……忘れない。本当だ。約束する。……忘れられない。きっと、一生覚えてる——」

それだけ言って、森尾は抱く腕に力をこめた。

忘れないと言いながら、なぜ、置いていこうとするのか?

(罪悪感で忘れることはできなくても……俺を、好きではないから……?)

それならどうして、最後にキスなんてしたのだと思う。

路になにができただろう。恋人でさえないのに、引き留められるわけがなかった。森尾の胸に顔を埋め、路はもうみっともないのも構わずに声をあげて泣いた。

森尾は子どもをあやすように、路が泣きやむまでずっと、優しく路の体を抱いてくれていた。夜のしじまに、路の嗚咽だけが小さく響いていた。

五

やがて、森尾《もりお》のいない季節が巡ってきた。

高校三年の三学期、森尾は本当にアメリカに旅立ち、そして帰ってこなかった。

路《みち》は第一志望の大学に合格し、黒田《くろだ》も無事、バスケットの推薦で進学した。森尾がどうしているかはよく分からないまま、いつしか時が経ち、大学も夏休み目前になっていた。

『元気にしてるか？　俺は大学のバスケチームにやっと馴染んだかな。練習はきついけど楽しいよ。今度、佐藤《さとう》たちと集まるけど崎田《さきた》も来ないか？　みんな、会いたがってる』

みんな、会いたがってる――か。

ため息をつき、路は迷ったまま、返信せずに携帯電話をポケットにしまい込んだ。講義が終わり、特になんの予定もない金曜日。サークルやコンパ、あるいはアルバイトに急ぐ同級生たちを後目《しりめ》に、路はあてもなく、大学近くの繁華街をうろうろしていた。

（いい加減、なにか始めなきゃ）

そうじゃなければ、人にも会えない。

黒田のメールにすぐに返事ができないのは、単純に後ろめたいからだった。高校時代の友だちに会うのが、気まずくて恥ずかしい。

高校のときは、大学に進んだらいろいろやりたいと思っていた。思っていたはずだ——と、思う。少なくとも森尾とまだ親しくしていたころは頑張って勉強して、将来の役に立てるつもりだったし、アルバイトや新しい友だち作りにも挑戦したいと漠然と考えていた。そのときには心のどこかで、たとえ進学先は違っても、まだ森尾と繋がっていられる。そう、期待していたから、やる気も出せたのかもしれない。

現実には、今の路はそのころ思い描いていた自分とは、まるで違う自分になっていた。アメリカに渡った森尾からは、手紙一つ届いていない。今どこでなにをしているのか、路も知らないが、黒田も誰一人として知らないようだった。

突然森尾のいない世界に放り出された路は、今年の初めから今日まで、もうずっとうろたえ続け、まごついていた。

サークル活動もアルバイトもやる気になれず、気がつくと数ヶ月が経っていて、大学内では既にみんな友人グループを作っているのに、路はどこにも属していない。

なにも変わらず、なにもできていない自分を古い友だちに知られるのは怖かった。まだ森尾のことを引きずっている。そう思われるのが気まずく、みじめだった。

(……森尾はとっくに、俺のことなんて忘れてるんだろうな)

アメリカでどんな生活をしているかすら知りようもない。森尾は路という足かせがなくなって、せいせいとしているかもしれなかった。

自分でも、変わらなければ、もう森尾にこだわるのをやめなければと思っている。時々は、森尾のことを恨んでみようともする。

(もう一生会えないんだから……しっかりしないと)

けれど最後にそう思うと、ただただ息が詰まるほどの淋しさに襲われて、路はなにもできない気持ちになってしまう。

どうして頑張れないのだろう。自問自答すると、結局は、森尾がいないからだという結論になる。

(いくら頑張っても、もう……森尾には、届かない)

その無力感が、路からやる気をごっそりと奪っていく。

路はひたすらに淋しい。淋しくて淋しくて、どうしようもない気持ちだった。

森尾のことを夢に見て、泣きながら目覚めることもある。告白し、気持ちを受け取れないと断られたときでさえ、これほどまでは落ち込まなかった。

あのとき経験しなかった失恋の痛みを、今さら感じている――そんな気さえするほどだった。そしてつくづく路は痛感していた。

(俺って……森尾が好きってこと以外、なんにもない人間だったんだなあ……)

ほんの幼いころから、路の世界は森尾を中心に回ってきた。心の真ん中に、森尾への憧れや期待がずっとあった。森尾がいなくなってしまったら、どう生きていけばいいのか、見失ってしまうくらいに。

そんな自分に自己嫌悪したけれど、かといって、なにをすればいいのかは分からなかった。なにをすればいいか、というより、なにをしたいかが分からない。

それでも時間だけは、やたらとある。

暇を持てあました路は、駅前のコンビニエンスストアになんとなく入り、アルバイトの求人情報誌を手持ちぶさたにめくった。飲食店や軽作業など、雑誌にはいくつも求人が載っていた。とりあえず、始めるアルバイトだけでも決めるべきだと思う。と、横に誰かが立った。ちらりと見ると、コンビニエンスストアの制服を着た男だ。立ち読みを咎《とが》められるかと、路は慌てて雑誌を棚に戻し、顔をあげた。そして、思わず眼を瞠ってしまった。

「よう。久しぶり」

立っていたのは、あろうことか、大村《おおむら》――高校時代の同級生で、路をいじめていた、あの大村だったのだ。

すらりと高い背に、細身の体。すれた雰囲気はあるけれど、こぎれいに整ったその顔立ちは、間違いようもなく大村だった。

心臓が大きく鼓動し、路は緊張で真っ青になった。

「ご、ごめん。ちょっと見てただけなんだ」

慌てて頭を下げ、逃げるようにコンビニエンスストアを出る。

と、大村は「おい、待てよ」と追いかけてきた。振り向くと、少し不機嫌そうな顔で、
店の出入り口に立っていた。

「今から休憩だから、そこでちょっと待ってろ」


一体全体なぜ、大村が自分を呼び止めるのか？

わけが分からず、けれどなんとなく帰る機会を逃して、路はコンビニエンスストアのすぐ外の、狭い駐車スペースで大村を待っていた。五分休憩だという大村は、やがて小さめのレジ袋を下げて出てきて、「ん」と言って、路に冷たい缶コーヒーを渡した。

「……え？」

受け取ったそれは、甘いカフェオレだった。

「飲めよ。俺のおごり。お前甘いの好きそうだからそれにしたけど、ブラックのがよかった？」

訊かれて、路は慌てた。

「う、ううん。甘いほうがいい。あ、ありがと」

一体全体なぜ、大村が自分におごってくれるのか？

分からない疑問その二、ができた。けれどとりあえず、毒は入ってなさそうだ。大村は自分用に買ってきたらしきカフェオレの缶を——路と同じものだった——開けて、駐車スペースの隅に置いてあるベンチに座って飲みはじめた。そこは日陰で、夏の昼下がりの暑さをわずかにしのげるようになっている。

少し迷いながら、ここまで待っておいて逃げるのもおかしいと、大村の隣にやや隙間を空けて座る。もらったカフェオレは、甘くて美味しかった。

「……お、大村、ここでバイトしてたんだ」

なにから言えばいいか分からず、とりあえず当たり障りのないことを話しかける。

大村は、「まーな」と肩を竦め、「俺、浪人生だから」と続けた。

「お前らが真面目に勉強してる間サボってたから、ツケが回ってきたわけ。ここの近くの予備校行きながら、バイトしてる。親はもうカンカンなんだよ。あんな進学校行っといて、大学一つ受かんねーのかって」

「……そ、そうなんだ」

相槌を打ちながら、路は不思議な気持ちだった。大村の個人的な話を聞くのは、よく考えてみればこれが初めてだった。三年間同じ高校に通い、うち二年はクラスが同じだったのに、自分はこの男のことをなにひとつ知らない。

するとどうしてか、少しだけ緊張が解けた。相手はかつて自分をいじめた相手で、路にとってとても恐ろしかった人なのに、不思議だ。

「――悪かったな」

そのとき不意に言われて、路は眼を丸くした。なにが？　と問い返すより先に、大村はいじけたような、少し気まずそうな顔で、「高校ンときのことだよ」とつけ足した。

「いじめてさ。……臼井がなにしたのかも、あとで聞いた。さすがに卒業してから、よく考えて……やりすぎたって、思ってんの」

大村が決まり悪そうに言う言葉を、路はどう受け止めていいか分からず、黙っていた。いいよ、とも言えないし、かといって恨んでいるかというと、もうそこまで気にしていない。今でも体の大きな男は怖いと感じるが、大学では、人と人との距離が遠くて、関わろうとしなければ、誰とも交わらないですむ。

ありていに言えば、世界が広くなった。そうして路の周りには、路のことを気にしている人など、ほとんどいなくなってしまった。

「……お前に対しては、俺が完全に悪かった。けどさ、少しは分かるだろ。俺はずっと、森尾が好きだったわけ。なのにまったく相手にされなくて――お前だけ、特別扱いされてるの見てたから……」

「……でも、大村って俺と森尾が仲良くなる前から、俺が嫌いじゃなかった？」

思わず言うと、大村は一瞬路を見て、それから顔をしかめて、「お前、意外とはっきり言うのな」と呟いた。

「だってお前、昔の臼井《うすい》と体格が似てたろ。……俺は森尾が臼井と寝たこと知ってたからさ。お前ともいつか寝るんじゃないかって、嫉みの対象だったんだよ」

「――それって、とばっちり……」

「そう。だから俺が悪い。だけどさあ、一番悪いのは、森尾だと思わね？」

路は大村と眼を合わせ、そうしてなんとなく、二人で笑っていた。

「あーあ。森尾って悪い男だよな。三人もの男の人生狂わせといて……自分だけ高飛びしやがって。俺はお前と森尾がくっつくんだと思ってたのに」

「……まさか。連絡もとってないよ」

「嘘だろ？」

本当、と路が言うと、大村は唖然としたが、そのうち「まあいいか」とため息をついた。

「俺は振り向いてもらえなくて、意地になってた感じ。今はもう、イチ抜けしたから、お前に謝りたかっただけ。……男なんて、好きになるもんじゃねーよな」

ぼんやりと、独りごちるように続けた大村の言葉は、どうやら本音であるらしかった。

高校時代は考えたこともなかったが、大村も叶わない恋に傷ついていたのだろうかと、路は思う。瞼の裏には、最後に見た臼井の横顔が浮かんできた。アンタのせいでクズになったと、森尾をなじっていた臼井……。彼は今ごろ、どうしているのだろう。

と、休憩の五分がすぎていたらしい。大村は「いけね」と呟いて立ち上がった。それから持っていたレジ袋を、ひょいと路の膝に置いた。なんだろうと思って見ると、中には買ったばかりの履歴書が入っている。

「バイト。探してんだろ？　それ……まあ、とっとけよ。……それと、うちの店でよければ、今募集してるし。応募するなら、店長に言っとくよ。真面目できっちりしたヤツだってさ――」

後半、大村は少し照れたように眼を逸らした。

「……それでお詫《わ》びになるとは思ってねーけど。俺の自己満足」

小さな声でつけ加え、大村は店へ戻っていった。少し猫背気味のその後ろ姿は、学生街の雑踏に紛れると、もうそれほど大きくも怖くも見えない。

夏の空は厭味《いやみ》なほど高く、白い雲はあまりに元気がよく、大きい。その下では、路も大村も、同じようにちっぽけだった。

俺ね、大村と話をしたんだよ。思ってたより、悪いやつじゃないのかも――。

家に帰る電車の中で、路は森尾に話しかけたが、それはただ心の中で思うだけのことなので、当然返事はなかった。

車窓の景色を眺めていると、思わずふっとため息が出る。

森尾に話したい。

そう思っている自分を感じて、淋しくなる。

「ただいまー……」

自宅に帰りつくと、家はシンと静まり返っていた。このごろ路の母は家にあまりおらず、習い事をいくつも掛け持ちしていて、あちこちへ積極的に出かけている。冷蔵庫のメッセージボードを見ると、『フラワーアレンジメント、その後お茶』と書かれていた。

(お母さんのほうが、俺より活動的になっちゃった……)

楽しそうでなによりだと思うけれど、怠惰《たいだ》な自分を省《かえり》みると落ち込んでしまう。

ダイニングテーブルの上に、厚紙でできた大きな封筒が置いてあった。

(なんだろ?)

覗きこんだ路は、次の瞬間息を呑んでいた。

それは国際郵便物で、宛名には「Michi Sakita」と名前があり、差出人欄に、

——「Yuki Morio」と、はっきり書いてあったのだ。

(……嘘)

体が震え、息が乱れた。まさか、と思って何度も確かめたけれど、間違いなかった。そ

れは森尾からの荷物だった。

封筒にはアメリカの住所が書いてある。別れてから七ヶ月。ようやく、森尾がどこに住んでいるのか分かった。

矢も盾もたまらず封を開ける。開ける指がぶるぶると震えて、厚紙の上を滑る。中から出てきたのは、一枚のディスクと手紙だった。

戸惑いつつも居間に移動し、路は手紙の封を切った。シンプルな白い便箋の、最初の一文は、『崎田へ』。

たったそれだけで、じわじわと熱いものがこみあげてきて、目尻に涙がにじんだ。懐かしい森尾の字。意識したことなどないのに、はっきりとその字を覚えていた。

すぐに読むのがもったいなくて、居間のサッシ窓を開けて空気を入れ替え、ソファに座って一息つく。窓から吹き込む風が、風鈴を鳴らす。日暮れどきの、薄青い光の中で、路は続きを読んだ。

『崎田へ
日本では毎日蒸し暑い日々が続いているころでしょうか。
こちらはカラッとしていて、気持ちのいい天候です。あまり汗もかかず、快適な夏をすごしています。まあ、冬は最悪に寒かったけどな。
アメリカに来てからいろいろなことがあり、なかなか連絡できなかった。

着いてすぐに叔父が脳出血で倒れて、独り身だから俺がずっと看病をしていました。でももう大丈夫。教鞭をとれる程度には回復しました。

俺のほうはなんとか合格したので、九月からは大学生になります。

こっちの学生はすごく勉強してる。一晩で分厚い論文を読んで、翌日それについて討論しあったりするんだ。本格的だ。口下手だから、なんて言っていられない。自己主張しなかったら、すぐにダメなヤツと思われて相手にされなくなる。

アラン・クラトンに直接師事したいから、頑張ろうと思う。

ああ、そういえば、やっとパソコンも設定したので、近々、メールを送るかもしれない。送ってもいいかな。嫌だったら、返事はくれなくてもいい。

崎田は、新しい生活をどうすごしてる？

無理してないか？　友だちはできたか？　充実してるか？

サークルやアルバイトは、どうしてるのかな。俺のあげた手帳に、予定がいっぱいだと嬉しいです。

そういえば、約束が果たせそうにないので、かわりにディスクを送りました。

ごめんな。ではまた。』

言葉にできない、いろんなものが入りまじった気持ちがぐるぐると路の頭の中を回り、胸が苦しく、うまく呼吸できなかった。

嬉しかった。泣きたいほど嬉しかった。森尾が自分を覚えてくれていた。忘れていなかった。それだけで、勇気が出る。

そして同じくらい、恥ずかしかった——。

（……森尾は全然知らない土地で、一人でも頑張ってるのに。俺は？）

森尾からもらった手帳のことが頭をかすめた。使っているけれど、予定は空欄が多い。大学で授業を受けたら、あとはそれだけで帰ってくる日々。

——こんな俺のこと知ったら、森尾はどう思うだろう。呆れるかな。愛想尽かすかな。

たまらない自己嫌悪のまま、同封されていた映像ディスクを、路はなんだろうと思いながら、プレイヤーにかけた。薄暗い部屋の中に、テレビの青い色が映る。再生ボタンを押すと、しばらくして映ったのは、ごちゃごちゃとした人ごみだった。

ざわざわと雑音が入り、画像も粗い。誰に聞かなくとも、個人のスマートフォンで撮影したものだと分かる。

時刻は夜らしい。あたりは暗く、場所はどこかの広場のようだ。たくさんの人が集まっていて、楽しそうに談笑している。言葉は英語で、映っているのも日本人ではなく、外国人ばかり。お腹の出たでっぷりしたおじさんや、やたら腕の逞《たくま》しい女の子などが、画面の前を通りすぎる。

『あー…これ、音入ってんのかな』

そのとき、突然割り込んできたのは、森尾の声だった。

『Yuki, come over here!』

別の人の声が聞こえ、森尾はしばらく英語でその人と話したあと、どこかへ移動したようだった。ビデオがぐらぐらと揺れ、やがて止まったかと思うと、森尾はこほんと咳払《せきばら》いをした。

『崎田』

その声に、路の耳は熱くなった。

七ヶ月ぶりに名前を呼んでくれる声。骨の奥にまで届きそうな声。路は息も忘れ、全身を耳にして、画面の音に意識を集中させた。

『約束してたのに、ごめんな。だからせめて……』

その声を掻《か》き消《け》すように、周囲から歓声があがった。ビデオはぐるっと旋回して、空を映し出す。

刹那、路はあっと息を呑んだ。

腹に響く音とともに、画面に映ったのは花火だった。日本のものとは違う、派手だけれど少し軽薄で楽しげな花火。

『今日はアメリカの独立記念日です。アメリカでは花火なんて、あんまりあげないらしい……』

ノイズにまぎれて、森尾が説明する。

『一緒に見ようって言ってたのに、ごめんな』

アメリカの花火は、規模としては日本のものより小さかった。カメラの画質が粗く、時間も夜なので、けっしてきれいには撮れていない。それなのに……気付いたら、花火の映像が眼の中でにじみ、溶けて流れていった。

それは路が、泣いているからだった。

もう我慢ができず、路は泣いた。その場に突っ伏して、声をあげて泣いていた。

テレビからはノイズまじりの映像が淡々と流れ、部屋には夏の青い夜がひっそりと忍び寄ってくる。庭から、うっすらと虫の声がする。その中で、たった一人で泣き続けた。

——森尾。

森尾、森尾、森尾……。

(覚えててくれたの……?)

路はすっかり忘れていた。去年の九月、予備校から帰る道の途中、橋の上で森尾と隣町の花火を見た。

来年は大きな花火大会に行こうと約束した。

他愛ない、ちっぽけな約束を、森尾は覚えていてくれた。

遠いアメリカの土地で、路のことなど忘れるくらい忙しいはずの日々の中でも。

――ああ。俺、生きていける。

路ははっきりと、そう感じた。

この先いつか森尾が自分を忘れ、もう二度と会えなくても、きっと一生、頑張れる。

森尾に大事にされたことが、森尾を好きだったことが、勇気と誇りになる日がきっといつかやってくる。

泣きながら路は、もう悲しんだりしないと思った。

（もう、淋しがらない。……俺はもう一度、頑張れる）

初めて森尾に、おはようと挨拶をしたときのように。前を向いていける。いつも、できるだけそんな自分でいたい。昨日よりも今日、自分のことをほんの少し、好きになりたい。

『崎田、見えるか？　きれいに映ってなかったらごめんな』

「きれいだよ――森尾、すっごい、きれいだよ……」

ビデオの中の森尾の声に、路はそう応えた。

時間も海もすべて越えて、七月四日、アメリカの広場でビデオを回していた森尾のそばに立って、きれいだねと言いあう夢を、路はその夜たしかに見た。

それは切なく、淋しい夢だったけれど。

泣いて目覚めたりはしなかった。

六

七月下旬。梅雨《つゆ》の合間の晴れた日、一人暮らしをしている路《みち》の携帯電話へ、久しぶりに母から電話がかかってきた。

『ちっとも連絡しないんだから。たまには家に帰ってきたらどう?』

電話越しに、母はちょっと怒っている。路はパタパタと身支度を整えながらごめんごめん、と謝った。

今日は数ヶ月ぶりにとった有給休暇だった。現在公務員として働く路は、「役所仕事なんて、定時で帰れて楽でしょう」などという世間の考えとはまるで違い、毎日それはもう忙しく、ときには休みも返上で働いている。

今日は三ヶ月前の休日出勤分の代休で、上司から「いい加減休みなさい」と叱《しか》られてとった貴重な一日だった。

『なあに、なんか後ろでガタガタ音してるけど』

「出かけるところなんだよ、友だちと映画見る約束で……その、あとで連絡するから」

『あら、誰と?』

映画を見る暇はあっても実家に帰る暇はないのかと怒られるかと思いきや、母の声には露骨な期待がまざった。たぶん女の子と、というのを期待してるんだろうなあと思いつつ、路は「大村《おおむら》と」と告げた。

『また大村くんなの?』

「平日で時間があうの、大村くらいだもん。じゃあ、もう切るよ」

『たまには帰ってきなさいよ』

大村くんによろしくねと言って、母は電話を切った。時計を見ると、もう出なければ間に合わない時間で、路は慌てて家を飛び出した。

大学を卒業して四年。路《みち》は二十六歳になっていた。

卒業後、路は児童施設の職員として就職した。児童施設は二十四時間稼働なので、休日出勤や残業も多いが、ずっとしたかった仕事だから、満足している。そして就職と同時に、路は家を出て一人暮らしをはじめた。母は時折淋しげにしているが、自分の人生を楽しんでもいるし、路も今の生活を気に入っていた。

大学卒業後、すぐにバスケットのプロ入りした黒田《くろだ》は、現在はアメリカのプロチームに入団しており、一年契約を去年更新したばかりだ。来年、更新ができるかどうかはまだ分からないそうだが、日本で応援できるよう、路はケーブルテレビに加入した。

そうして路が今一番親しくしているのは、自分でも意外だったが大村だった。

大村とは学生時代、アルバイトを一緒にして、なぜか気が合うようになった。付き合いは今も続いていて、たぶん一番よく顔を合わせている相手だ。最初は浪人生をしていた大村だが、大学は性に合わないと思ったらしい。結局調理師免許をとり、現在は飲食店で働きながら、自分の店を持つために貯金をしていた。

森尾《もりお》は——知らないうちに、すごい人になっていた。

路はこの八年間、メールでだけ森尾と連絡をとりあっていて、一度も会っていない。だが大学在学中から師事していたアラン・クラトンの事務所で働き始め、卒業して三年目に、アメリカの優秀な若手建築家におくられるデザイン賞を受賞したことは、日本の建築雑誌で特集されていたのを見て知っていた。

その雑誌によれば、森尾は日本建築の伝統的な手法を、アメリカの合理的な建築技術に盛り込み、シンプルながら斬新な空間作りをすることで、注目を集めているのだそうだ。

そんな華やかな脚光を浴びながらも、森尾の路に対する態度は、八年間ほとんど変わらなかった。

月に一度か二度くるメールには、自分の近況はわずかで、路への質問ばかり書いてある。落ち着いた優しい文面からは、普段の森尾があまり分からず、路はアメリカの建築誌を取り寄せては森尾のインタビューを探したりした。

誌面にいる森尾は同い年とは思えないほど大人びて、優雅で泰然《たいぜん》として見えた。時々、フォトグラファーがとらえた自然な笑顔が載っていて、路は見るたびにドキリとした。

（こんなふうに、笑うんだ……）

それは、朗らかで優しく高校時代の寡黙な森尾からはあまり想像できない姿だった。

けれど森尾の生活が、ただ順調なだけではなかったことを路はなんとなく知っていた。日本からやってきた男が、突然アラン・クラトンという巨匠に気に入られたのだ。嫉妬され、いじめやいびりにも遭ったことは、森尾は路には言わなかったが、黒田《くろだ》からそれとなく聞いたりもしていた。

在学中、森尾の叔父は二度脳出血で倒れた。そのとき森尾は大量の論文、デザイン画の提出、アラン・クラトン事務所でのただのアルバイトがやるには重すぎる仕事を抱えていたらしい。

叔父の介護をしながら、毎晩夜中の三時に寝て、朝六時に起きる生活を、森尾が半年以上続けていたことも、路は黒田から聞いて知っている。一つくらいなにか放り出してもいいのに。そう路は思ったが、森尾はけっして弱音を吐かず、最後まですべてをやり遂げたのだという。その間、路にきたメールには、常に優しい労《ねぎら》いの言葉ばかりが書かれていて、自分の苦しい近況などは、一切明かされていなかった。

その強さがどこからくるのか分からなかったし、少しくらい甘えてほしいと淋しくもあったが、路はそんな森尾がいたから頑張れた。森尾にもしいつかまた会えたら——そんな日がくるのかは分からないけれど——森尾に、胸を張って会えるようにいたいと思っている。

（といっても、俺の頑張りなんて普通だけど……）

それでもなんとか、森尾に報告できる自分になれるよう路は努力した。アルバイトをし、授業に出て、友だちを作り……。自立した今、なんとか人並みになれたと思っている。

けれど、恋人がいたことはいまだにない。

二十六にもなって……と思うけれど、路は森尾以外に心が動いたことがなく、女の子のことは可愛いと思うだけで終わる。男相手だと、大柄な相手なら苦手意識が働き、小柄な相手にはただ親しみが湧くだけだった。

黒田はそんな路に、アメリカに遊びにこいよとよく言う。

自分の家に泊めるから、ついでに森尾に会っていけと。けれど路はそうしなかった。なんとなくだが、森尾には会いに行ってはいけない。そんな気がしていた。

メールはくれるが、森尾に会いにきてほしいと言われたことはなかった。森尾は、路と会うつもりがないのだと思う。

アメリカへ発《た》つと教えられた十八歳の冬。

クリスマスのあの日、森尾は「会えなくなる」と泣いた路に、「会いにこい」とも「いつか戻る」とも言わなかった。

（森尾は俺が、他の誰かと付き合うのを……待ってるのかも）

ときどき路は、そう思う。

メールをくれるのも、近況を知りたがるのも、そのせいではないだろうか。

路が森尾への恋に終止符を打ち、誰か他の人と付き合いはじめたら……。森尾はようやく罪滅ぼしの義務感からも、後ろめたさからも解放されて、路のことを忘れられるのでは……？

もしかしたら路が、他の誰かを好きになれないのも、森尾から完全に忘れられてしまうことを恐れているからかもしれなかった。

そんな自分を少しだけ浅ましいと思う。思うけれど、他に誰も見つけることができない。路の心の中には今もまだ、森尾しかいなかった。


「崎田はバカだよ。男なんて俺はもう無理。大体なあ、俺たちみたいなネコは、だんだん市場価値も落ちてって、特にバイセクなんてすぐ女と結婚しちゃって、最後は捨てられるのがオチなんだよ」

月曜日で、店が定休日の大村は、映画を見たあとに入ったレストランで、そんなことを話している。高校時代と大して変わらない、若やいだルックスの大村は、相変わらず口が悪い。美形なので店内の女子の視線をそれなりに集めているが、本人はそれに気付いていないのか、毒舌をやめる気配もなかった。

「そんなこと言って、大村も男とばっかり付き合ってるじゃん。……こないだの人とはどうなったの？」

大村はウッと言葉に詰まり、やがて「あいつはもういいの」と呟いた。気まずそうな、どこかいじけたその表情に、路はフラれたらしい――と気付く。大村は厄介な恋愛体質で、男なんてもう無理、と言いながら、女性に興味を持てず、付き合う相手は大抵たちの悪い遊び人だった。路は趣味が悪い、と思っているが、大村も路に同じことを思っていると言う。

「だからあの人は信用できないって言ったのに。もっと自分を大事にしてよ」

「うるせーな。お前は俺のカーチャンかよ」

路はこの八年で、大村の口の悪さにすっかり慣れた。態度の悪さすら、大村の淋しさや不器用さのあらわれに思えてくる。かつてはいじめられていたが――その負い目のせいか、大村は今では路に対して過保護とすら思えるところがある。

「俺はいいの。それよりお前だよ。森尾みたいな薄情者なんてもう忘れちまえ。お前は可愛い女の子と恋愛して、普通に結婚して、可愛い子どものパパになれ。森尾なんて想ってても、なんの意味もねーんだから」

「……俺、女の子に男として見られないからなあ」

路はため息をつく。

成人しても、路は背も伸びなかったし、全体的に男性ホルモンが少ない見た目だった。少女めいた容姿は、かろうじて少年めいた容姿になったが、それでも十分中性的で、職場の同僚女性から恋愛相談をされたりしても、完全に「同じ女の子として」みたいな扱いが抜けない。

「この間なんて、出入りしてる業者の男性のこと、崎田《さきた》ちゃん好みでしょ、色目使ってない？　とかって言われて……」

「なんだ、そいつ。完全に難癖じゃねーか。崎田が可愛いから僻《ひが》んでるんだろ？　名前教えろ、俺が一言言ってやる」

「違うって。冗談で言われたの、冗談」

「大の男相手にそんな冗談言うヤツあるかよ」

怒る大村を、路は何度か宥《なだ》めなければならなかった。調理師の大村は食べ終えると手帳に食べたもののメモをつけた。外食したら必ずそうしているらしい。路も森尾からもらった、ネイビーの革の手帳を出し、見た映画の感想を書いた。

「それ、ずっと使ってるよな」

「うん。だって……もう手に馴染んでるし」

八年大事にしてきた手帳は、路の一部のようになっている。毎年入れ替える月ごとの予定表は、今月も仕事のことや、友人との約束でそれなりに充実していた。

ふうん、と頷く大村の眼には、少し呆れた色がある。この手帳が、森尾からもらったものだと知っているので、未練の象徴のように見えるのだろう。

「あ、そうだ。大村、夏の花火大会って行く予定ある？　誰とも行かないんなら一緒に行こうよ」

「いつだっけ。八月は店もかき入れどきだけど、九月なら一緒に行ける」

「じゃあ九月。八月は誰と行こうかな……」

「お前、花火には絶対行くね。好きならまあ、いいけどさ」

いそいそと予定表に書き込んでいる路を見て、大村が言う。路はえへへと笑った。花火を見にいく理由が森尾だということまでは、さすがに大村にも話したことはなかった。

明日の仕込みがあるから、これから店に行くという大村と別れ、路は半日空いたので、どうしようかなと街をぶらぶらした。

来週施設で、子育て相談会があるので、そのときに連れてこられる子どもたちに、なにかオモチャでも作ろうか……。

東京の中心地、ブランドショップが建ち並ぶデパート街には洒落《しゃれ》た海外の玩具店もあり、路は参考になるものもあるかもしれないと、そちらへ向かうことにした。

平日とはいえ、一帯はビジネス街でもある。通りはごった返して人が多かった。周辺には外資系の企業も多く、男らしい体格にスーツを着こなした外国人男性もよく見かけ、さすがにスタイルがいいなあ、と遠目につい眼をひかれる。

(森尾のいるニューヨークもこんな感じなのかな……)

どうなのだろう。映画でしか見たことがないから分からない風景を、路はぼんやりと想像した。

……森尾なんて想ってても、なんの意味もねーだろ。

大村の声がふと、頭に返ってくる。知らず知らず、ため息が漏れる。

(森尾を想ってても仕方ない、かあ)

話していたときには気にしなかった一言が、今さらのように胸に重たく刺さった。

大村の言うことはいちいちもっともだ。路に会う気のない森尾を、これ以上好きでいても意味などない。けれど意味があるから人が人を好きになれるなら、路はとっくに森尾を忘れていられただろう。

(俺が日本で、こんなに未練がましく森尾を思い出してるなんて知ったら……森尾は気持ち悪いかもな)

高校時代でさえ、なにを考えているのか理解の難しかった森尾だ。海を隔て、八年も経って、今では本当に分からなくなってしまった。どんなにメールを交わしていても、森尾のことはほとんど分からなかった。

ため息をついていると、ふと眼の前にスーツ姿の、背の高い男が三人並んでいるのを見つけた。

どうやら外国人らしく、一人は金髪だ。格好よくスーツを着こなして、ブランドショップのビルを指さしながら、なにやら話し合っている。

路は、どうしてだか足を止めていた。心より先に体が感じたような一瞬だった。まさか、と思うのとは裏腹に、なぜか一瞬で確信した。

こちらに背を向け、外国人ビジネスマンと話しこんでいる一人。

その背中に——見覚えがあった。

何度も何度も、眼で追いかけた背中だという、不思議な確信が。

まるで誰かに袖をひかれたように、不意にその人が振り返る。

相手の男が、路を見る。視線が交差し、合わさると相手の眼が大きく見開かれた。

「……崎田?」

驚いたような呟き声。路はその声を覚えていた。八年ぶりに聞くのに、はっきりと思い出せた。

「森尾……?」

囁いたとたんに、端整な相手の顔が、じわじわと笑み崩れていく。

「崎田！」

弾んだ声。そうして二人の男たちに断りをいれて、軽やかに駆け寄ってきたのは、たしかに森尾だった。

森尾祐樹《ゆうき》だった。間違いなく、確実に、完全に、森尾祐樹だった。

これ、夢だよね？　と、路は思った。だってそうじゃなきゃ、ありえない。

「信じられない、どうしてここにいるんだ？」

森尾は興奮気味の口調で、嬉しそうに路を覗きこんだ。

その瞳は、高校のころからは比べ物にならないくらい落ち着いていて、澄んで見えた。そこに宿る眼光も優しく、穏やかだ。

「Yuki」

森尾と話していた外国人が声をかけてくる。

Conference, Hurry up!　と、聞こえる単語で、彼らが急いでいることが分かった。森尾は相手を振り返り、英語で返事をした。すぐ行く、待っててくれと言われた二人は先に歩き出し、ブランドショップへ入っていく。森尾はしばらく黙って路を見ていたが、やがてなにかを諦めたような顔をした。「行かなきゃ」と肩を竦めたそのとき、路は弾かれたように、森尾のスーツの袖を握っていた。

「……、……っ、……」

言葉が声にならない。ただ焦って、路はぱくぱくと唇を動かした。嫌だ、待って。話がしたい。時間をちょうだい。どうしてここに。なんで。いや、そんなことより、話を――頭の中で、言葉がから回る。なにも言えずに手から力が抜けていく。森尾は驚いたように眼を瞠り、やがて切なげに瞳を揺らした。

「……えっと。今日、このあと、時間あるか?」

不意に森尾は言った。路は急いで首を縦に振る。

「う、うん、うん、あるよ、休みだから……」

まだ事態が飲みこめないままそれだけを言うと、森尾は眼を細めて嬉しそうに笑った。

「よかった。二時間くらい打ち合わせがあるけど、そのあとは俺も空いてるんだ。もし……よければこのあたりで待ち合わせないか? 二時間経ったら、そこの喫茶店に行くよ。それまでは好きに暇つぶししててくれていい。折角……会えたから、今日くらい」

そう言って、森尾はすぐ近場の喫茶店を指さした。スーツの胸ポケットから名刺を取り出すと、ごく自然な動作で、それを路の手に握らせた。

「え、い、いいの? 仕事が……会議も……それに」

「仕事は二時間で切り上げる。じゃあ、あとで」

森尾はさっと体を翻し、先ほどの二人を追いかけて走っていった。都会の街もかすむほど、その姿は颯爽《さっそう》としている。

（……これって、現実？）

嘘だ。信じられない。

心臓がドキドキと鳴り、まるで夢の中にいるかのようにぼんやりとして、路はしばらくその場に突っ立っていた。

あたりをのんびりぶらつける心境ではなかったため、路は結局指定された喫茶店に入って、森尾を待つことにした。

アイスコーヒーを頼む間も、ウェイトレスが飲み物を運んできてくれてからも、路はたった今起きたことに、なんだか現実味を感じられなくて、ふわふわした心地だった。

名刺を見ると、『AKT事務所　森尾　祐樹』とある。

オフィスはこの近くのようだ。それに路はびっくりした。

（……森尾、アラン・クラトンの事務所にいるんじゃなかったの？　今、日本で働いてるってこと――？）

しかしそんな話は、黒田からも聞いていない。

やっぱり夢なのではないか。悶々としているうちに時間が経ち、五時を少し回ったころ、喫茶店の扉を押して、森尾が入ってきた。それは本当に――やっぱり、どう見ても森尾だった。

高い背に、似合いのスーツ。こざっぱりとした爽やかな姿が印象的で、店に入ってきた瞬間、店内の女性客が一斉に森尾に注目する。まとう空気そのものに都会的な、洗練された雰囲気があるのに、冷たい感じはない。

対する路は、同僚の女の子にも、恋愛対象外にされるような垢抜《あかぬ》けない姿だ。急に自分の身なりが恥ずかしくなって縮こまっていたけれど、森尾はすぐに路を見つけて笑顔になり、向かいの席へ座った。コーヒーを頼む姿まで格好いい。

思わず、穴が空くほど見つめていると、

「……そんなに見つめられると照れる」

森尾が苦笑し、路は慌ててしまった。

「ごっ、ごめん」

顔にかあっと熱が集まる。恥ずかしさをごまかすように、氷が溶けて薄まったアイスコーヒーを吸いこんだが、焦って飲んだので、喉に詰まってむせてしまった。

森尾はそれを見て、おかしそうに眼を細めている。

屈託のない、静かな笑い方が大人っぽくて、高校時代には見たことがないその様子が、まるで初めて会った人のようで路は緊張してしまった。

「……変わらないな、崎田。……引き留めていいか迷ったけど……話せて、嬉しい」

小さな声で、森尾は優しく囁いた。その声には、喜びと申し訳なさがにじんでいる。路は顔をあげた。森尾が苦笑する。男らしく贅肉《ぜいにく》のない頰に、じわじわと血の気が広がるのを見て、路は眼をしばたたいた。

やがてコーヒーが運ばれてきたけれど、カップを持とうとした森尾の指が震えて、ソーサーがカチャカチャと鳴った。

森尾は困った顔をしていた。

「……かっこ悪いな。緊張してる」

冗談めかし、森尾は震える指を握りこんだ。

――緊張って……。

(俺と話すのに？　どうして……)

分からないけれど、負けないほどの緊張で、路の心臓もドキドキと脈打っていた。なにをどう言えばいいか分からず、頭の中は真っ白だ。けれどなんとか言葉を探す。

「に、日本にいたなんて思ってなかった。名刺……日本の事務所？　転職したの？」

訊く声がかすれて、路の指も震えた。

「日本には先週帰ってきたんだ。急だったけど……親父が倒れてさ」

「……えっ」

驚いて声をあげると、「ああ、大丈夫」と森尾は笑った。

「ただの過労だよ。でももう若くないし、事務所も洋樹《ひろき》……兄が中心に回してるから、いろいろ手が足りてないみたいで、俺も手伝うよう言われて、クラトンに話したら……ちょうど、クラトンの三男坊の、アラニス・クラトンが日本に事務所を開くっていうから、便乗していれてもらったんだ」

まあここも、仮住まいみたいな感じなんだけど、と森尾はつけ足した。

「仕事が安定してもらえるようになったら、独立しようと思ってるんだ」

「そっ、そうなんだ……」

なんだかスケールの大きな話だった。同い年なのに、まるで立場が違う。

「さっきの打ち合わせも、じゃあ、仕事で？」

「ああ。ブランドショップの新店舗だな。俺が日本で最初にやる仕事」

森尾は軽く言ったが、先ほど森尾が入っていったショップは、世界的にも有名なハイブランドだった。新店舗というと大きな建物になるのだろう。ファッションの最先端をいくブランドと仕事をするなんて。路からすればとても想像できないすごいことだ。

「でもまあ……俺はああいうのより、もっと小さい家とか。そういうのもやりたいんだよな。クラトンのところだと、商業施設や公共施設が中心で……日本に戻ったのは、実家の仕事を手伝って、民家の勉強もしたかったからなんだ」

「結構、贅沢な悩みだね……」

「外から見るとそうでも、実態は崖っぷちだぞ。アラニスは日本の伝統建築に興味があって、こっちで仕事をするついでに、三年だけ拠点をここに置くらしくて……だから三年後には、俺は放り出される。無職になる前に名前を売らないとな」

肩を竦めたあと、森尾はおかしげに笑った。その笑顔に、路はドキリとした。こんなに屈託なく笑う人だったろうかと思う。高校生のころ——あのころは、森尾はもっと寡黙で、笑うときも静かだった。

路は眼の前の森尾の中に、遠い日の面影を探している自分がいることに気づいた。

「すごく仕事してる——って感じだね」

「崎田だってそうだろ？　今日は休みか？」

「俺の話なんか、森尾に比べたらつまんないよ」

「崎田の話がつまらないなんて、思ったことないよ」

そっと言われる言葉に、胸が高鳴った。それがお世辞なのは分かっている。森尾はメールはくれていたけれど、その数は少なかった。大抵月に一度か二度、気まぐれに返事がくるだけ。路のことを必ず聞いてくれ、次に返事がきたときは、あれはどうなった？　と問いかけてはくれたけれど、返信はいつも間が空いていた。それを恨みに思ったことはないけれど、森尾にとって、路はそれほど特別ではないのだと思っていた。

それでも森尾が水を向けてくれたので、路は自分の近況を話していた。緊張しているはずなのに、森尾がじっと話を聞いてくれ、ときどき笑ってくれるので、だんだんと気持ちがほぐれ、リラックスしていった。

眼の前に森尾がいて、笑っている……。それも大人になった森尾が。これは都合のいい夢かもしれない。

時折、路をじっと見つめる森尾の眼に、なにか熱っぽいものを感じた。愛《いつく》しむような、懐かしむような色だ。どうしてそんな眼をするのかは、分からない。

楽しい時間はあっという間にすぎた。

いつの間にかあたりはすっかり暗くなっており、突然、森尾の携帯電話が鳴った。電話に出た森尾は英語で応対した。ときどき呼びかける名前で、相手が事務所の所長である、アラニス・クラトンだと分かった。

電話を切ったあと、森尾は「ごめんな、もう戻らなきゃ」とすまなさそうに言ってきた。このまま夕飯も一緒にできないかな？　と図々《ずうずう》しくも期待していたので、路は内心がっかりした。

今日別れたら、次はいつ会えるか分からない。また会える？　と訊きたかったけれど、拒絶が怖くて口に出せなかった。「待たせたお詫びに」と森尾が奢《おご》ってくれ、会計をしている間に、路はそわそわと落ち着かなくなってきた。

(ど、どうしよう。森尾また、誘ってくれるかな……)

森尾とのメールに、路は一人暮らししている家の住所も、電話番号も全部載せている。名刺を出すのも白々しい気がして、路の頭の中は混乱した。

その一方で、やっとこんなふうに会えたのだから、また誘ってもらえるだろう、という考えもあった。今度暇な日、一緒にご飯でもしよう。友だちならごく自然と、そういう話になるはずだ。それがたとえただの社交辞令でも、その一言があれば、路から誘うこともできる。

けれど森尾は駅前までくると、「俺は車なんだ」と言って、改札前で路を見送る姿勢を見せた。微笑んで、「じゃあ、元気で」と手を振る。

(……誘ってもらえなかった)

しょんぼりしながらも、路は口では「ありがとう」と言い、改札に入ろうとし――そうして気がついた。

じっと路を見下ろしている森尾の顔は静かで、そして淋しそうだった。二十六歳になったはずの、大人びた森尾の顔に、不意に八年前の――クリスマスの夜の、十八歳の森尾の顔が重なって見えた。わずかな街灯の光を点《とも》して揺れていた、森尾の瞳。切なさの中に、強い意志を秘めていた眼――。アメリカに行くと、路に告げたときの森尾。

森尾は今、あのときと同じ眼をしている。

今日再会してから一度も見いだせなかった高校時代の面影を、路はやっと見つけた。

……この人はここで別れたら、俺とはもう、会う気はないんだ。

路はそれを、ほとんど直感的に理解した。

「も、森尾！」

そのとき、路を突き動かしたものはなんだったのか。言うなれば八年分の後悔だったかもしれない。

気がつくと、路は衝動的に森尾のスーツの袖に、またもしがみついていた。

「どこか、週末空いてる？　で、電話していい？　その……どこか、一緒に行こう！」

叫ぶように言った路へ、森尾が眼を見開く。

「一緒に……ご飯食べたり、遊んだり……。だ、だめかな」

会う理由がほしくて、路はそう口走った。上手な誘い方ではないと、分かっていた。穏やかに微笑んでいた森尾の顔に動揺が走る。その眼は逡巡《しゅんじゅん》するように揺れており、答えもすぐには返ってこない。

「やっぱり……ダメかな……」

声が震え、路は泣きたい気持ちになっていた。ダメだ、もう会わない。そう言われたらどうしよう。いやもっとスマートに、仕事が忙しくて、とやんわり断られるかもしれなかった。そう言われたら、引き下がるしかない。

八年ぶりに会って、いい年をしてどうしてこんなにみっともなく、すがるように頼んでしまったのだろう。もっと適当なやり方があったのではないか？　自分で自分に呆れたけれど、もう今さら言わなかったことにもできない。

「……まさか。ダメじゃない。だけど……」

森尾の声はなにかに迷っているようだった。少し困ったように森尾は視線を泳がせ、次の言葉を探していた。

このままだと、きっと断られてしまう——。

「ダメじゃないなら、会おう！」

気がつくと、路は大きな声でそう言っていた。頬にカッと熱がのぼり、全身がゆだつような錯覚を覚えた。恥ずかしい。けれどこれで会えなくなるなんて、絶対に避けたい。

（もう俺、八年も待ったんだよ——）

「電話するから！　約束して。お願い……」

断られたら、もう一生立ち直れない気がする。震える声で懇願すると、さすがに森尾は、なにかを諦めるように小さく苦笑した。

「……分かった。じゃあ、近い週末、空けるよ。楽しみにしてるな」

優しい声に、ホッと力が抜けていった。電車もう来るぞ、と言われて、路は慌てて改札を抜けた。

「あとで電話する！」

振り返り、もう一度念押しすると、森尾は困った顔で笑いながら改札の向こうで手を振っている。その顔にほんの一瞬、淋しそうな、苦しそうな色が映る。十八歳の森尾が最後に会った夜に見せたのと同じ、路には計り知れない悲しみを含んだ眼差しだった。

「森尾と会った？　ていうか、なんでお前のほうから誘わせてんの？　普通、森尾のほうから誘うのがスジだろ」

翌晩、路は仕事帰りに、大村の働く店へ寄って夕食をすませた。

大村の店はカフェレストランという形態で、昼間はランチ中心、夜は酒も出す店だった。ナチュラルなインテリアで整えられた店内には、木製のバーカウンターがある。マスターは高齢なので、夜はほとんど大村が一人で取り仕切っているが、客層は女性が多く、ランチタイム以外は混雑が少ないので、残業帰りの路が寄るころには、カウンターに座れば大村とゆっくり話すこともできた。

路はそこで、昨日森尾と再会したことと、会えなくなりそうだったので、急いで誘った話をしたのだった。聞いた大村は、なぜだか怒りだした。路はついため息をついてしまう。

「……やっぱりもう、俺に会う気はなかったのかな。お茶できたのも、俺がたぶん、誘いたそうにしてたからだし。日本に帰ってきてたのに、教えてくれてなかったし……偶然会わなかったら、ずっと言わないで、俺とも会わないつもりだったんだよね……？」

一日経つと、冷静になってくる。路にはそうとしか思えなかった。

たまたま道ばたで出くわしたから、森尾も驚いて引き留めてくれた。

けれど本当は会うつもりはなく、落ち着いてみると後悔したから、改札の前では、路の誘いを断ろうとしたのではないか。結局は強引に食い下がる路に、合わせてくれたけれど。

「……なんか無理矢理誘ったみたいになっちゃった」

作ってもらったパスタをフォークに巻きながら呟く。

大村は「なに言ってんだよ」と眉をつり上げた。

「八年も放っておかれて、まだ気付かないのか？　森尾は勝手なヤツなんだよ。お前はあいつにはもったいない。さっさとフっちまえ」

「……」

やっぱりそうか、自分と森尾では合わないのか、と思う。今週末森尾に会うとき、どうしたらいいか大村に意見を聞きたかったけれど、大村は終始一貫して、森尾とは会うなと反対していた。

店を出ると、携帯電話にメールが届いていた。見ると黒田からだ。森尾に会ったことを路が報告したので、その返事だった。

『森尾は会いたくなさそうだった。どうしたらいい？』

相談への返事は、黒田らしく簡潔で、

『崎田はどうしたいの？』

だった。

（俺は……）

人通りの少ない夜道を歩きながら、路は空を見上げた。東京の夜空は明るく、さほど星は見えなかったが——。

路のしたいことは、たった一つしかなかった。

七

結局、森尾《もりお》が路《みち》のために予定を空けてくれたのは、最初に会ってから二週間後の土曜日だった。

自分が誘ったのだから、とあれこれデートプランのようなものを練っていた路だったが、こういうことには慣れていない。

(そういえば、都心で花火大会がある日だけど……)

ふとそう思いついたが、久しぶりに帰国しただろう森尾を、いきなり人混みの中に連れていくのもどうかと思ってやめておいた。行きたいところはあるか、と訊ねると、

「車で迎えに行くから、任せてもらえないか」

とありがたいけれど、恐縮する答えが返ってきた。

なんだか男として完全に負けている気もしたが、路は素直に森尾に甘えることにした。

そして迎えた当日、なにを着ていけばいいのか、路は散々迷った。

職場は動きやすい服で出勤するのが常なので、畏《かしこ》まったシャツやスラックスは持ってい

ない。いつも地味でラフな服装ばかりで、オシャレもよく分かっていない。あまり張り切りすぎてもどうかと思うが、森尾の横に変な格好で並ぶのも恥ずかしい。

クローゼットを全部ひっくり返したあげく、綿のパンツに爽やかな色味のシャツという、無難な格好に落ち着いた。地味すぎる気はしたが、他にどうしていいか分からない。支度を終えたところで約束の時間になり、路は慌ててアパートの下に降りた。

すると、そこにはもうシルバーの車体が停まっており、路の眼の前で助手席のドアが開いた。運転席から、身を乗り出すようにして顔を覗かせたのは森尾だった。

「おはよう、崎田《さきた》。どうぞ、助手席に乗って」

いかにもデートに慣れた、大人っぽい様子に、路はどぎまぎしてしまった。慌てて助手席に乗りこむと、シートは座り心地がよく、車などよく知らない路でもこれは高い車なのだろうな、と分かった。

ちらりと見ると、森尾は私服姿も決まっている。なにげないデザインが洒落た黒のポロシャツに、ベージュのカジュアルパンツ。足もとなどただのサンダルなのに、どれも値段が張るものだと分かる。

なにより、その服の下に浮かび上がる森尾の体のラインが、まさに完璧そのものだった。厚い胸板、広い肩幅。袖から伸びる引きしまった腕に、しっかりとした足。手の指は長く、いかにも器用そうだ。

（こ、高校のときより、男っぽい……）

当時から背が高く、ずば抜けて大人びていた森尾だが、八年ぶりに見るとあのころの森尾が可愛らしく感じた。森尾の男っぽい色香にあてられて、路は助手席で固まってしまった。頬が熱くなり、同時に、どうしてこの森尾を誘うなんて大胆なことが自分にできたのだろう、と思う。

（……よく考えたら、森尾に今恋人がいるかどうかも、俺、知らないんだ）

これほど魅力的な容姿に、仕事でも成果を出しているのだ。いないわけがない。そもそも最初断ろうとしてきたのは、既に決まった相手がいるからでは？

まず真っ先に思いつくべき理由に今さら気付いて、路は一人落ち込んでしまった。


「……元気ないな。もしかして、フレンチ苦手だったか？」

森尾が連れていってくれたのは、郊外の、林の中に店を構えるフレンチレストランだった。路のアパートはそもそもが都下にあるので、時間はさほどかからなかった。

洋風の瀟洒《しょうしゃ》なレストランで、壁一面に蔦《つた》がからみ、案内されたテラス席からは林の様子が見える。梅雨明けの明るい陽射しが射しこむ林からは、涼やかな風が吹いてくる。東京にこんな店があったのかと思うような、穴場の店だった。

フレンチといっても、カジュアルで気取らないランチのため値段も手頃だった。味はもちろん美味しい。

森尾は前もって、席を予約してくれていた。

「あんまり日本の店知らなくてさ。前に仕事でここ、来たことあったから」

芸がなくてごめんなと森尾に言われ、路は慌てて首を横に振った。

「ううん、美味しいよ。すごく──その、ただ、なんていうか」

……森尾に恋人がいるかもしれないと思って、落ち込んでる。

とは言えず、路はしどろもどろに、「俺から誘ったのに、なにもかもしてもらって、悪いなって……」とだけ言った。森尾は会いたくなさそうだったのにという言葉は、すんでのところで飲みこむ。さすがにいい大人が、そんなことまで言うのは僻んでいるようでみっともない。

(前に仕事で来たって……いつのことなんだろ)

ふと、考えてしまう。つい最近なのか、それとも路が知らなかっただけで、森尾はちょくちょく日本に帰ってきていたのか。帰っていたのに路に教えてくれなかったのだとしたら、やはり会う気はなかったということになる。

気持ちがどんどん沈んでいくけれど、せっかく会えたのに暗い顔をしていたらだめだと、路は慌てて笑顔を作った。

「建築やってたら、こういう店の造りも、気になって見るものなの？」

話題を変えようと訊くと、「そうだなあ」と森尾はのんびり言って、店内を見渡した。

「この店は古い建造物をそのまま使ってる。ちょうどジョージア様式の建物だ。西洋の建物は湿気の多い日本にはあまり適さないんだ。それをどうやって工夫してあるかは気になる」

「へえ……」

たしかに店は古い洋館で、趣《おもむき》があった。きょろきょろと見ていると、森尾は運ばれてきたパンを食べ「でもまあ、今はそんな余裕ないかな」と、呟いた。

「どうして？」

訊くと、森尾は苦笑した。目尻に皺《しわ》が寄り、目もとが一気に優しい印象になった。昔よりもずっと柔らかく笑う森尾の変化に、路の鼓動は呆気なく跳ねあがる。

「……一応、緊張してるんだよ」

ほら、と言って、森尾が掌を見せてくる。すると、指先は少し震えていた。

「心臓の音が大きくて、崎田にまで聞こえそう」

「……聞こえないよ」

冗談なのか本気なのか、よく分からず、路は真面目に返してしまった。森尾はまた小さく笑い、その会話はおしまいになってしまった。

（森尾は、なにに緊張するんだろ……）

緊張しているのは路のほうだ。心臓の音だって、路のほうがずっと大きく鳴っている。

素直に考えると、自分の都合のいいほうにとりそうになる。森尾も路との食事を、楽しみにしてくれていたのではないかと。路は必死で、その期待を押しのけた。あまり楽観的になってしまうと、あとで傷つく気がして、怖かった。

会話は変わり、アメリカでの森尾の生活や、黒田《くろだ》とあちらで会った話を聞いているうちに、あっという間に時間が経った。森尾は笑顔で接してくれ、会話も予想以上に軽やかに弾んだ。

「いいお店だったね。また来たいな」

店を出たあとそう言うと、森尾はあまり聞こえていないような顔で「そっか」とだけ言った。さっきまであんなに楽しく話していたのに、今は不自然なほど素っ気ない返事だ。車に乗りこむと、沈黙が流れる。

このままでは、じゃあ帰ろうかと言われるかもしれない。ここで別れたら、次はもうない気がする――。

路は思わず焦り、「あっ、あそこ見て」と急いで言葉をつぎ足した。

助手席の窓から、駐車場の片隅に出ている小さな看板を見つけた。森の美術館、この先一キロ、と書いてある。

「時間あるなら行ってみない？」

つとめて明るく誘った。森尾はしばらくなにか考え、「個人コレクションの美術館ぽいな。大したものなさそうだぞ」と言う。路は「いいよ。行こうよ」と勇気を振りしぼって、ねだった。

まだ森尾と、なにも話せていない気がしている。

日本にはいつまでいるのとか、また会える？　とか、恋人はいるの、とか——。

とにかく間を繋ぎたくて食い下がると、森尾はしばらく黙って、路の顔をじっと見つめた。虹彩《こうさい》の明るい瞳に、なにか躊躇っているような、迷うような、それでいて路を憐れむような影が映った。路はすがるようにじっと見つめ返す。

お願い森尾、うんって言って……。願いをこめて息を詰めていると、森尾はやがて苦笑し、つまらなくても文句言うなよとだけ言って、エンジンをかけた。路はその答えに、ホッと安堵の息をついた。


十分もしないうちに着いたのは、日本の古美術品を扱うこじんまりとした家屋だった。森尾が言うとおり、個人経営らしい。見物客は誰もおらず、受付で一人二百五十円を支払って入る。中は想像よりもきれいで広く、仏像や焼き物、刀剣などが飾られていた。

「小さい東博ってところだな、思った以上に保存状態がきれいだ」

初め乗り気ではなさそうだったのに、森尾は美術品が好きなのか、感じ入ったように展示物を見ている。とある仏像の前に立ち止まり、小さな声で「愛染明王坐像《あいぜんみょうおうざぞう》だな……」と呟く。カッと眼を見開いた迫力ある顔に、六本の腕がついた赤い仏像だ。

「そういう名前の仏様なの……？」

「……愛にまつわる煩悩《ぼんのう》……というのかな、愛着や愛欲……そういうものを戒める仏様……だけど後年それは、煩悩即菩提《ぼだい》といって、苦悩があってこそ、人は仏にもなれる……ということを説く教えに変わったそうだ」

ふうん、と路は頷いた。仏像は小さなものだったが、憤怒の表情にはなんともいえぬ気迫があり、つい眼を吸い寄せられた。

「頭体の正中線上に小さな穴がある……彫るときにここを基準に彫ったんだな。きれいに埋めてある……丁寧な仕事だ」

じっと像を見ていた森尾がそう言ったので、路は思わず言われたところを覗いたが、そんな穴は見つけられなかった。かなり眼をこらしてやっと一つ、唇の下に木で塞いだ小さな穴を見つけられた。錐《きり》で空けたように本当に小さな穴だった。

「すごいね、全然気付かなかった」

「ちょっと意地の悪い見方だろ、ただ……作った人の息遣いが分かる気がして、つい探してしまうんだ」

森尾は苦笑し、それから独り言のように、仏師はなにを願ってこれを彫ったんだろうな、と囁いた。

「……森尾、こういうの好きだったんだね」

照明の落とされた静かな館内で、路は思わず言っていた。高校時代には知らなかった一面だ。森尾は「建築やるうちに、覚えただけだよ」と教えてくれた。

「宮大工って知ってるか？　寺社専門の大工さん。木の性質を使って建てる。すごい技術なんだ。木は時が経つと収縮するから、百年二百年、その先の木の状態を見越して建材を配置する。それを知ってから、こういうものも……意識して見るようになった」

作り手の気持ちが知りたいんだよ、と森尾は独りごちた。

「優れた芸術の多くは、その時代の実用性と機能性を兼ねてる。俺はあれ……トイレマークのデザインなんて大好き。子どもでも分かる。実用美だろ。作り手の愛情がある……」

小声で言い、森尾は笑った。

仕事が充実しているらしい、そんな言葉に憧憬とまぶしさを覚える。同時に森尾と自分を比べて、敵《かな》わないな……と落ち込んだ。自分だって一生懸命仕事をしているつもりだが、森尾の華やかな経歴と並べると、どうしても見劣りするような気がした。

森尾に相応しい自分になる。会えない間、心密《ひそ》かに抱いてきた目標は、やはり高望みしすぎだったのかもしれないと思う。

と、森尾があるショーケースの前で止まる。見ると、それは能で使われる女面の展示だった。何種類もある面が、きれいに並べられている。一つ一つ似て見えるが、微細な違いがあるようだった。

小さなキャプションを読むと、『女面は、能楽で使われる面の一つ。能楽師の動きによって、様々な感情表現ができるよう、喜怒哀楽のどれともつかない表現がされている』とある。

森尾はとある面の前に立って、じっと黙りこんでいる。視線の先にあったのは、恐ろしい顔の面だった。

「……鬼の面？」

「いや……これは般若面《はんにゃ》といって、人間の心の中にひそむ、恨《うら》み辛《つら》みや憎しみ……憎悪の感情、そういう部分を描いたものだ。あくまで、鬼という別の生き物じゃなく……人そのものだよ」

「……人そのもの」

よく見ると、その面の下にはたしかに『般若』と書かれていた。

大きく口を開け、眼を見開いた面は恐ろしいけれど——同時に、少し淋しげでもある。

「なんだか……悲しい感じだね」

ぽつりと言うと、森尾は驚いたように路を振り向いた。

「そう見えるか？」

「うん。……誰にでも、あるものだろ？」

森尾はなにも言わなかった。けれど路の頭によぎっていたのは、高校のときの臼井《うすい》の面影だった。路が卒業してから、臼井はバスケ部にも顔を出すようになったと黒田からは聞いていた。けれどそれは数年前のことで、彼が今どこでどうしているかは知らない。

——アンタのせいでクズになった……と言って泣いていた臼井の姿を、路は今でも時々思い出す。臼井の苦しみの根っこを、自分も知っていた、と思うことがある。もしかしたら自分だって、臼井の立場なら同じことをしたかもしれない。そんなことを考えるときがある。

ひどく踏みつけられたのに、踏みつけたほうはその傷に無関心だ。自分の傷を知ってほしくて、怒りや恨みに囚《とら》われることは、誰にだってありうる。同時に、被害者だったはずの自分が、知らぬうちに他の誰かを傷つけていた……ということだってある。あのころ、臼井はきっと路の存在そのものに、傷つけられていた。けれど傷つけていた路は、それを知らなかったし、無関心でもあった。

臼井のことは、今も好きではない。けれど、好きになれなかったことが悲しいと思う。そうして、好きにはなれなかったけれど、幸せではいてほしいと願うのだ。身勝手な感情だと知りながら――おそらく、エゴだと思いながらも。

「誰にでもある……か。崎田は、優しいな」

独り言のように呟いた森尾の横顔を、路は見上げた。

「森尾だって、優しいよ」

言うと、どこが、という顔をされた。

「……人そのものだって、言ったろ」

その意味に、自分で気付いていないのかと思い、路は小さく笑った。

「……誰かを憎んだり、傷つけてしまう一面は、人間らしいってことだよね。そう考えてる森尾は、優しいよ」

口にすると、ふと十八歳の夏、森尾が送って寄越《よこ》してくれたアメリカの花火大会の映像が、思い出された。路との小さな約束を覚えていてくれた森尾。あのとき、路は一生その想い出だけで生きていける気がした。

不安や戸惑いで、まだどこか縮こまっていた心が少しだけ緩む。

花火大会の映像の想い出が、路に勇気をくれた。

(そうだ。森尾は優しいんだから、大丈夫。……どんな行動でも……それが、俺にとって望んだものじゃなくても……傷つけるためにそうしてるわけじゃない)

好きだと言っても、気持ちを受け取ってもらえなかったことも、八年間、会えなかったことも。

帰国したのに、会おうとしてくれなかったことも――。

路を傷つけるためではない。それだけは信じたかった。

思えば路が森尾を好きなのは、その、見えるようで見えず、見えないようで見える優しさを、ずっと追いかけてきたからではないのだろうか？

小学生のころ、林間学校で怪我をして負ぶってもらったあの夜から……森尾の優しさを、もう一度、覗きたくて追いかけてきている。なかなか見せてはもらえない、森尾の体の奥深くにひそんだ、なにか――温かなものを。

黒々とした般若の眼は、じっと見つめていると、今にも泣きだしそうにさえ思えた。怒りの裏側にあるのは、いつだって淋しさだという気がした。

「……出ようか」

気がつくと、森尾がそう声をかけて先に歩きだした。慌てて外へ出ると、日が西に傾いている。森尾は無言で、他に車のない駐車場に、ぽつんと置かれた自動販売機で水を買った。路が慌てて隣に立つと、「はい」と買った水を渡される。

財布を出そうとしたけれど、いいよ、と断られる。

急に言葉少なになってしまった森尾に、路はなにか余計なことを言っただろうか、と慌てた。森尾は古ぼけた赤いベンチに座り、路も隣に腰を下ろす。郊外のこのあたりは半分里山のようになっており、道路に影を落とす木の葉が、昼下がりの熱い太陽を照り返していた。

もらった水を飲みながら、路は森尾の横顔を盗み見た。ぼんやりと景色を眺めていた森尾が、やがて苦笑気味に、路を振り返る。

「……嫌になるな」

ぽつりと森尾は言った。路には分からず、眼をしばたたく。森尾は眼を逸らし、うなだれてため息をついた。

「――俺は、お前に弱すぎる。月に一度のメールでも心が揺れるのに、こんなふうに会ってしまったら……。意志が弱いな。自分に呆れてるよ」

でも崎田から誘われたら断れないだろ、と森尾が言う。

「一万キロだぞ。日本とアメリカの距離。そのうえ八年だ。ずっと忘れようとしてきたなのに今もまだ……」

森尾は言葉を切って、押し黙ってしまう。

「森尾、なんの話?」

よく分からない。森尾は答えてくれなかった。うなだれた髪の隙間からちらりと路を見上げてくる、虹彩の明るいその眼には、能面にも劣らぬほど微妙な感情が揺れていて、それが喜怒哀楽のどれにあたるのか、路には読み取れなかった。

「仕事で覚えたって言ったけど、本当は……崎田に相応しいのは、仕事を頑張ってたり、美術品にも詳しい……そういう男かなって……気持ちもあって」

と、森尾は言い、路がその言葉の意図をはかりかねて黙っていると、不意に顔をあげた。

「……崎田って、恋人いる？」

いきなり訊ねられて、路はびっくりする。ついさっきまで森尾が独りごちていたことの不可解さと比べて、あまりにシンプルなその問いとの温度差に、ついていけない。

「い、いないけど」

うわずった声で言う。森尾は？　と訊きたくて、その声が喉の奥で絡まったようになり、出てこない。

「そっか……」

（なんだよ、どういう意味？　森尾こそどうなの……）

訊きたくてじっと見ていると、森尾は「行こうか」と、また勝手に立ち上がってしまう。路は慌てて追いかける。助手席に戻ると、森尾はエンジンをかけながら「都心に行くけど、いい？」と訊いてきた。まだしばらく、このデートのようなものは続けてもらえるのだろうか？　一緒にいられるのなら、路は拒絶する理由もなく、頷いた。

森尾はもう、なにも言わなかった。ただ黙って、無表情のまま車を発進させた。その横顔はどこか、高校生のころの――なにを考えているのかよく分からず、路とは違う生き物のようにさえ見えた森尾の横顔に、重なるものがあった。

いつしか街には夕闇が迫り、西の端に太陽が沈むころ、森尾が車を停めたのは、有名な都心の高級ホテルの前だった。

「……ここ?」

「ああ、ついてきて」

言いながら森尾はさっさと車を降り、路の座っている助手席のドアを開けた。ホテルマンに、森尾は車のキーを預ける。

(……ホテルで食事でもするのかな?)

路の給料はけっして高くはない。普段遊ぶのも大村とばかりで、カジュアルな場所が多く、一流ホテルに入るのは気後れした。

広々としたロビーに入ると、森尾はなにやらフロントで手続きをしはじめる。受付の女性は、後ろに立っている路を確認してから、意味ありげに小さく微笑んだ。

「森尾様、八年お待ちしていました。ようやくお越しくださって嬉しいです」

受付の女性の言葉に、森尾は苦笑していた。

(八年?)

なんのことだろうと路が眼をしばたたいていると、森尾はカードキーを受け取り、路を促してエレベーターに乗った。

「……ご飯食べるんじゃないの？」

「食べるよ。崎田が食べたかったらだけど」

どういう意味かが分からず戸惑っているうちに、エレベーターが二十九階で止まった。そこはどう見ても客室フロアだ。

（え？　ホテルの部屋？　どういうこと？）

部屋のドアを開ける森尾についていきながらも、内心では軽いパニックを起こしていた。セックスするのだろうか？　と思ったが、そんなわけはない、と打ち消す。森尾とは二度経験があるけれど、あれは八年も前のことだ。けれどそれ以外の理由で、二十六歳にもなった自分たちが高級ホテルの部屋に、二人で入る理由が思い当たらない。

「崎田、おいで」

振り向いた森尾が、優しく言う。路は鼓動が速まるのを感じた。もしも万が一、求められたら――断れない、と思う。それが一夜限りでも、抱かれたいと思うだろう。

好きだからこれ以上は入れない、そう言うべきだ。あるいは、森尾はどういうつもりなの？　そう訊ねるべきだと、自分の中の冷静な部分が警告してくる。

入り口から見えるだけでも部屋は広く、豪華なソファセットとゆったりしたベッドがあり、壁は全面ガラスで、美しい夜景が広がっている。さすがの路にも、一泊の値段が冗談にはならないほどの額だと想像がついた。

「ルームサービスとろうか。酒も頼める」

森尾がメニューを持ち上げて訊ねてきても、路はまだ入り口でまごついていた。一応扉は閉めたが、それ以上先に進めない。

森尾、どういうつもり？

そう声をかけようとしたときだった。森尾が手元のリモコンで、突然部屋の電気を消した。居室が暗くなり、びっくりするのと同時に眼の前でぱっとなにかが点滅した。

続いて響くのは、ドン、という重低音。

窓の向こうを見て、路は眼を瞠った。

星の海のようなネオンの上、青い闇を彩って、大輪の火の花が咲いていた。

光のあとに遅れてやってくる低音、パチパチと火のはぜる音が、窓の向こうから聞こえる。

赤や黄のぼたんにも似た花が、消えて薄れていった先から、また新たに咲いて、時折光が乱舞する。

花火だ。

誘われるように、部屋の中心へ立つ。

（そういえば今日、花火大会だった……）

ふと思い出したとき、森尾が隣に並び、きれいだなと呟いた。

「……やっと約束が果たせた」

その言葉に、路は息を呑んでいた。

七月四日の独立記念の花火。粗い画像の中にまぎれて聞こえた森尾の若い声が、耳の奥へ返ってくる。

きれいに撮れてるかと気にして、いつか一緒に見ようと言って——約束したのにごめんなと謝ってくれた。

あれは七年前の夏だった。薄暗い夜が押し寄せてくる家の居間で、路は床に突っ伏して泣いた。

あのときの気持ちが蘇る。

記憶はフィルムを巻き戻すみたいに、過去へ向かっていく。高校三年生の夏、予備校の帰り道で、鉄橋の上から見た隣町のオモチャみたいな花火。一緒に歩いて帰り、来年の約束ができるだけで、ただ幸せだった。

高校の体育館、風のように走っていく森尾の背中を思い出す。

バスケットゴールにシュートする、きれいなフォーム。朝の川辺で、二人で練習したことも、まるで昨日のことのように覚えている。肌寒い土手に並んで座り、お前はお前のペ

ースでいいだろと、言葉少なに認めてくれた森尾。

路の家で、二度目に抱かれたとき、昼下がりの金色の光が窓からきらきらと差しこんでいた。崎田路という名前を、初めて呼ばれて――胸がいっぱいで、これだけで生きていける。そう思った。

森尾のしてくれたことに、一生勇気をもらえると――。

――好きだ。

森尾が好き。

目頭が熱くなり、じわじわと涙がこみあげてくる。

もうだめだ、気持ちを閉じ込められない。

その瞬間顔をあげて、路は言っていた。

「森尾、好き」

声が震えた。

見上げた森尾の顔を、打ち上がった花火の光が照らしだす。

気持ちが堰を切って溢れてくる。

受け入れてもらえなくても、駄目でも構わない。好きだって言いたい。溢れて、苦しいから言いたい。森尾は眼を瞠り、唇をひき結んでいる。なにを考えているかはまるで分からない。

「好き……」

「うん……」

森尾は瞳を揺らして、頷いた。その眼が赤らみ、苦しそうに眉根が寄る。

「森尾、お、俺、俺ね、俺、森尾が……」

「もう言わなくていい」

そのとき、森尾が路の言葉を遮った。

「俺も……ちゃんと好きだよ、崎田」

——好きだよ。

花火の、低い音が響いて聞こえる。

「……崎田が好きだよ。八年、ずっと好きだったし、その前も好きだった。でも、受け取れない……」

その資格がないと、森尾は言った。

森尾の背の向こうで、大きな花火がぱっと光り、散っていった。路は眼を見開き、今聞いた言葉を咀嚼しようとした。けれどできなかった。体が震え、涙が頬を転げ落ちる。

「なんで？」

素直な気持ちだけが、言葉になる。どうして？　俺を好きなら、なぜ拒絶するのと言いたかった。森尾は困ったように眼を伏せる。

「俺じゃだめなの？　森尾の好きは、友だちとしての好き……？　俺じゃ恋人には、なれない……？」

「……違う。違うに決まってるだろ、友だちとしか思ってない相手のために八年も、毎年……こんな部屋、予約しない」

森尾は苦しげに囁いた。その声が震えている。路は呆然として、森尾の言葉を待った。

「ずっと諦めようとして、でも諦めきれなくて、どこかで許されるんじゃないかと思って……往生際悪く、ときどきメールして、ホテルまでとって……アメリカで、ずっと考えてたよ」

お前に相応しい人間になりたいって、と森尾は顔を歪めて、辛そうに告白した。

「いつか許されるなら、お前に好きだと伝えて、結ばれたい……でも、どんなふうになっても、俺は俺を、許せなかった」

許せない、と森尾は繰り返し言い、痛みをこらえるように、ぎゅっと拳を握った。

「だから今日、終わらせるために二人で、花火を見ようと思った」

八年予約し続けた部屋に、やっと路を誘ったのは、けじめをつけたかったからだと森尾は言う。

路はただ混乱して、すぐに言葉が出てこない。森尾の目尻は赤く、泣くのを我慢しているように見える。

……俺の中には、信じられないくらい冷たいところがあるから……と、森尾は呟く。

「俺は崎田をまた、傷つけるかもしれない。……お前が好きだから、お前を幸せにできない俺が……お前を愛することを――どうしても、許せないんだよ」

身勝手な言葉だ。どこから文句をつけていいかも分からず、路は震えることしかできなかった。このまま話が終わったら、きっと路はホテルを出ていくしかない。そうしたらもう二度と、森尾と会えなくなるのだろうと感じた。

森尾は路を好きだと言いながら、また遠くへ行ってしまうつもりだ。

「俺といると、森尾は苦しいの……？」

他になにを言えばいいのか分からず、それだけ訊くと、しばらく逡巡したあと、やがて小さく森尾が頷いた。頷かれた瞬間、胸が引き裂かれるように感じた。息が苦しくなり、路はぎゅっと拳を握って、泣くのをこらえた。それでも鼻の奥が酸っぱくなり、ダメだ、こらえろ、と思う。

……一緒にいても幸せじゃないのなら、受け入れてとは言えない。

そう思った。自分たちはレイプから始まっている。だから、どうあがいてもまっさらな幸せは手に入らない。

「そっか……分かった」

じわじわと浮かんできた涙が、睫毛にかかる。そのとき窓の向こうで、花火がフィナーレを迎えた。ガラスいっぱいに輝く光のシャワー。薄暗い部屋の中はその明かりに照らし出され、苦しそうな森尾の横顔もまた、その色に染まった。泣いちゃいけない、と唇を噛みしめて、路は踵を返した。

「……じゃあ俺、帰るね」

花火は終わった。部屋はいつしか暗くなり、街のネオンだけが忍び込んでくる。

路は足もとの荷物を持ち上げた。腕が震えているのと気付いたけれど、腹に力を込める。もうここにいる理由がない。好きだと言っても、受け取ってもらえない。森尾はすべて終わらせるつもりで路をここへ連れてきた。なにがあっても離れたくない自分とでは、気持ちが嚙み合わない。そのことがみじめだ——。

自分だけが森尾を好きな気がして、この恋心さえ、みっともなく感じた。足を一歩踏み出し、帰ろうとしても、森尾は引き留めてこない。本当に、これで全部終わるのだと思った。

その瞬間、不意に八年前の最後の夜が、路がなにを言ってもまた会えると言ってくれなかった森尾のことが、ありありと瞼の裏に思い出された。

自分は……好きだと伝えた。

行かないでと言った。できることはほとんど全部やってきたはず。精一杯手を伸ばしたはず。それなのにどうして、と思う。胸の奥からやり場のない烈《はげ》しい怒りがこみあげてきて、耐えられなくなる。

「意気地なし……」

小さく呟く。背後で、森尾が身じろぐ気配がした。青白い闇に閉ざされた部屋の中で、路は勢いよく振り返り、荷物を投げ出して、森尾ににじり寄っていた。

「意気地なし！」

　血を吐くような声が出た。とたんに、こらえきれずに涙がどっと溢れた。窓には隣の高層ビルの、淡い灯りが映っている。そのわずかな光源の中で、森尾は路の言葉に殴られたように眼を見開いていた。

「俺といることで、自分を許せないのは森尾の問題で、俺が森尾を好きなことは、関係ないよね……？」

　震える声で路は訊ねた。森尾がぴくりと肩を揺らすのが、にじんだ涙の向こうに見える。

「どうして、俺の幸せまで森尾はとるの……？　俺といて、森尾が辛い思いをするのは嫌だけど、でも俺を好きだって言ってくれるのに、どうして俺の幸せのことは考えてくれないの？　放り出された俺の苦しみは、どうでもいい？」

　森尾は辛そうに眉根を寄せて、そうじゃない、と小さく呻いた。

「それでも……俺といることが、お前にとって幸せだとは思えない」

　押しつぶすような声。路は涙をこぼしながら、どうして、と森尾の言葉を遮った。

「どうして森尾が、俺の幸せまで決められるの？　森尾が、俺といて傷つくのも、苦しむのも嫌だ。だけど、それでも……このまま会えなくなるのはもっと嫌だ」

嫌だ。嫌だ嫌だと、理屈ではない感情の部分が、心の内側で激しく暴れている。自分はひどいことを言っているのだろうか？　今、森尾を傷つけているだろうか？

罪悪感に苛《さいな》まれたけれど、それでも路は言葉を接いだ。

「俺も、諦めなきゃって思ってた……他の人を好きになれたらって思ってた……。だけど無理だった。森尾以上に好きになれる人、どうしてもいない。森尾は……俺の気持ちを受け取る資格がないって言うけど、そんなの……俺だってないよ。俺だって……」

俺だって、と路は喘いだ。

「森尾が優しくしてくれたのが、臼井じゃなくて俺でよかったって……そう思ったこと、何度もある。俺の中にも、醜いものや、汚いものはある。人を傷つけてでも、自分は幸せになりたい……浅ましい欲だってある」

胸の奥から、絞り出すように本当のことだけを伝えた。声は涙でしゃがれ、胸がきしむように痛い。森尾は路の言葉を、ただ呆然と、捨てられた子どものような途方にくれた顔で聞いて立ち尽くしていた。

「八年間……ずっと悔やんでくれてたんだよね……？　俺はとっくに許してるのに、森尾は、森尾は……その俺の気持ちは無視するの？」

訴えるように訊いた言葉に、森尾はただ小さく「崎田」と囁いた。

「俺のこと好きだって言うけど、ほんとは……好きじゃないよね」

ついこぼれた言葉に、森尾は眼を瞠り、

「そんなわけないだろ」

と、少し怒ったように否定した。けれど、路にはそうだとしか思えなかった。

「嘘だ。自分の罪悪感のほうが、俺を好きな気持ちより勝ってるじゃないか」

気がついたら、責めるように言っていた。

「だから、簡単に諦められるんだ！」

「諦めてなんかいない！」

森尾が、路の言葉に割り込み、大きな体を近づけてきた。

「八年間、ずっと……ずっと思ってた。どうにかして……どうにかしてお前と一緒にいられないかって。そういう自分に、なれないかって……努力した。まっとうな人間になろうとした。人の痛みが分からないなら分からないなりに、できるだけ人を踏みつけないように……優しくなろうとした。仕事を頑張って、人のために生きていようと考えて……」

森尾は顔を歪ませ、「叔父さんの看病だって」と呻く。

「本当は投げ出したかったけど、崎田に近づくためだと思って、頑張った。何度だって……崎田には俺以外のほうがいいと思って、諦めようとしたけど、やっぱりずっと好きだったから……。だけど」

そこまで話して、森尾は愕然《がくぜん》としたように、言葉を切ってしまった。それ以上のものが、もう森尾から出てこない。諦められないと言いながら、一緒にいようとは言ってくれない。路はそのことに理不尽な怒りを覚えた。

「……それだけ努力して、立派になって……なのに、なにが足りないの？　俺といるのに、なにが足りないっていうの？」

「足りないんじゃないんだ」

森尾はうつむき、震える声で吐き出した。

「一番最初が間違ってたから……なにをしたって、自分を許せないだけなんだよ。どんなに立派になっても、過去のことは変えられないだろ……っ？」

俺はお前をレイプした、そのことは一生消せないと、森尾は呻いて、顔を覆ってその場にあったソファに座り込んだ。

「お前を……ゴミくずのように扱った……」

かすれた声が、顔を覆った手の隙間からこぼれてくる。森尾の大きな肩が震えている。泣いているのかもしれないと、路は思う。

「それでも俺は……臼井を許せない。……お前にしたのと同じことをアイツにした。俺は悔いなきゃいけないのに……臼井がお前にしたことを、許せない」

だからなの？　と、路は思った。

臼井を許せないから、森尾は自分を許せないのだろうか。

「こんなに身勝手なのに……自分だけ幸せになろうなんて……勝手すぎるだろ」

なにを言えばいいのか分からず、路はしばらく森尾のうなだれた頭を見つめていた。やがてただ一言、「……勝手、だね」という言葉が口からこぼれていた。それが、正真正銘の本音だった。

「でも……俺も勝手だよ。俺も……変わらない。……変わらないんだよ、森尾」

溢れた涙が静かに落ちて、床に散っていく。怒りはいつしか消え、路の心はただ深い悲しみに覆われていた。なんに対する悲しみなのか。起きてしまった過去への、無力感にも近い気持ちだった。

「俺だって……臼井のこと、許せてないところがある。岸辺《きしべ》たちのことも、浦野《うらの》のことも、どこかで恨んでる……なのに、森尾だけ許してる。それだって、勝手だよね？　……それは森尾が好きだから……だから、許してしまった」

許してしまった自分の心が、ひしゃげたように痛んでいる気がした。

勝手だと責める自分は、いつも心の内側にいる。けれど路はぎゅっと眼をつむり、その思考を振り切った。

「だけどそれ……そんなに悪いことかな？」

自分を好きでいたい。自分を信じていたい。自分を許したい——誰だってそう思って生きているはず。それができずに生きることは、とてつもなく苦しいはず。

きっと森尾だって同じだと、路は気がついた。

立派に仕事をこなし、賞をとって認められ、本人も努力して人格者に変わり、なにもかも完璧に見えても、森尾の内側には常に自分を責める声があるのだと思うと、それは果てしなく孤独で、不幸な人生にも思える。

自分が嫌いでたまらなかった、高校二年生のころを思い出す。

自意識の海の中で、いつでも溺れそうなほど息苦しかった。

「俺とお前じゃ違う。俺は加害者で……お前は被害者だ。……だから、俺の勝手は、悪いことなんだよ」

なにを言えばいいのだろう、これ以上。説得する言葉が尽きて、路はただ棒立ちになっていた。けれどここで帰ったら、後悔する。なにかないのか、自分たちが一緒にいる方法は、意味は、ないのかと探す。探しても適当な言葉は見つからない。路は泣き伏したい衝動に駆られながら、「じゃあ」と言葉を接いだ。

「じゃあ森尾は、俺をフって、俺以外のもっと別の……幸せになれる誰かを好きになるってこと……？」

「なるわけないだろ……っ？」

泣きながら言った言葉に、森尾が顔を覆っていた手を解いて、思わずというように叫んだ。

「なれるわけない！　お前以外好きにならない……なれないんだよ。だから俺は、一生一人で、生きていく……」

悔しそうに吐き出して、森尾は拳で膝を叩いた。

「……じゃあ俺にも、一生一人でいろってこと？」

「お前には、他にいくらでも相手がいる」

森尾はうつむいたまま、そう決めつける。

「いないよ。……いないよ森尾」

どうしたら分かり合えるのだろう。路は一歩歩み寄ると、森尾、と呼びかけた。

「……小学生のとき、助けてくれたよね。臨海学校で道に迷ったとき。俺を負ぶってくれたの、覚えてる？」

そっと問うと、顔をあげた森尾は覚えていない、という表情だった。

「あのときからずっと……ずっと思ってた。森尾と……友だちになりたい。話がしてみたいって」

「それは……俺じゃなくてもよかったはずだ……」

「そうじゃないよ」

否定する森尾の声にかぶせるようにして、路は首を横に振り、森尾のすぐ真正面に立った。

「ずっと……ずっと信じてた。森尾の中には、ものすごく優しいところがある。俺が好きになったのはそこだって。森尾でさえ知らないかもしれない、優しさがある……だからレイプされたときだって、絶対に……絶対にどこかに、優しさがあるって、見つけようとしてた」

信じた俺はちゃんと報われた、と路が言うと、森尾は混乱したように路を見上げたまま、

「俺はなにもしてない」と呟いた。路は唇を噛みしめて、ううん、と首を振った。

「俺の名前、呼んでくれた。……あのとき、俺が一番ほしかったものだった」

夕暮れの迫る、小さな部屋の中。

崎田と呼んでくれた、十七歳の森尾。

もうこれだけでいいと思った、生きていけると思った。あの気持ちが熱く胸に迫り、涙がどっと、また眼からこぼれ落ちていた。

「他の人にとっては、がらくたみたいなものでも、俺にとってはたった一つの希望だった。……いつでも、森尾が俺にそれをくれた。森尾には分からなくても……森尾がくれたんじゃなかったら、きっとだめなんだ。生きるとき……こんなに強く勇気や希望になるのは、森尾がくれたものだけだ」

言葉をなくしたように自分を見つめる森尾の瞳が、わずかな光源を映して、不安そうに揺れているのが見える。

「一番初めに信じたから、最後のときまで信じる。……俺は、森尾が俺にとって、いいものだって……希望だってずっと信じる。だから、だから森尾も信じて」

路は分かってほしくて、その場に跪《ひざまず》いた。森尾の膝に載った手に、手を重ねた。森尾はひるんだように一瞬腕をひいたけれど、それでも路は手を離さなかった。

「自分のこと、信じて。信じるって、愛するより難しい……だけど、信じて」

これだけで生きていける。森尾と一緒にいて、路は何度そう思わされただろう。

森尾がくれた優しさや励ましを思い返して、その喜びの残滓を噛みしめれば、いつでも勇気が出せた。そんなとき路が信じていたのは、あのときもらったものが——森尾からの、愛情だったというなんのあてもない希望だった。

森尾の中にある優しさを、路はずっと信じようとしてきた。幼いころ助けてくれた森尾の、純粋な親切を、路を見捨てなかった事実を、ひたすらに信じてきた。

もがいてももがいても、誰も手をとって助けてはくれない現実の中で、それでも必死に生きていれば、誰かが助けてくれるはず……誰かが見つけてくれるはず……そんな、あてどない弱々しい希望をよすがに生きるとき、森尾のしてくれたことはなにより路を励ましてくれた。

手を伸ばせば、自分のはるか先を走っている誰かも、振り向いてくれる……。

あと何年、自分の命があるかは知らない。けれどやりきれない悲しみに襲われるたび、路は森尾のくれたものを信じようとする。愛するよりずっと難しい気持ちを、森尾に捧げている。

「傷つけない約束なんていらない……ただ信じてほしいの。俺はずっと森尾が好きだし、これからも好き。九年前に時間が戻って、同じことがあってもいい……」

声が涙でしわがれる。森尾は首を横に振り、怯えた声音で「バカ言うな」と呻く。

「俺に犯されて、浦野に脅されて……岸辺たちに……あんなことが、またあっていいって言うのか？」

「いいよ！」

路は怒鳴った。分かってくれない森尾に腹が立ち、大きな手を、思わず強く握りしめていた。

「ゴミくずみたいにされたって、俺は立ち直って生きてきた！　そっちのほうが、俺には大事なんだよ……！」

路は激しく叫んでいた。

「立ち直って、自分の力で歩いてる俺のことは、森尾には見えない？　そっちが本当の俺、見てほしい俺だ……っ」

かわいそうにと憐れんでほしいわけじゃない。今生きていることを、ただ受け止めてほしいだけだ。

「……それとも、レイプされた俺のこと、本音では軽蔑してる……？」

思わず飛び出た疑問に、森尾は青ざめて「そんなわけないだろ」と小さく呻いた。

「じゃあそれを信じさせてよ！　俺を受け取ってくれたら信じる。できないなら、結局俺のことなんて、そんなに好きじゃないじゃないか！」

「違う！　俺はただ……、ただ……っ」

その眼に涙が浮かび、森尾は「ただ……」と囁いた。

「……九年前に戻れたら、俺はお前を、犯したりしない……」

うつむいて、森尾は嗚咽した。

「……教室で、お前に声をかけて……名前を呼んで……友だちになれたら――きっとお前を好きになるから、好きだって告白して……それで、優しくキスをする」

そうしたい、と森尾はかすれた声で言う。そうしたかった。そうしたかったと、森尾は繰り返した。うつむいた森尾の頬に、涙の筋が見えた。

「……森尾」

路は震える大きな体を、じっと見つめた。

「あの日教室で俺を抱いたから、森尾は俺を好きになってくれたんだよ」

他の過去はありえない。路はそう言った。

「あのとき、俺を犯さなかったら……森尾は俺を、好きにならなかったよ、きっと。これっぽっちも、振り返らなかった……」

前髪の下で、森尾が眼を見開き、苦しそうな息をついた。違う？　と、残酷だと分かりながら問う。ひどい言葉を言っている気がして、胸が震え、再び涙がこみあげてきた。

「違う？　森尾。俺をあのとき犯さなくても、俺を好きになった？　ならないでしょ？　きっと、あれがなかったら俺を見向きもしなかったよ――」

森尾はしゃくりあげた。やがて、……そうだ、とかすれた声で言う。

「俺にとってお前は――ずっと、名前を知っているだけの、遠い人間だった」

森尾の体の内側から、肉を切り裂いて出てきた声だと路は思った。震える指で森尾の胸に手を置くと、森尾もまた震えている。ごめん、と小さく呻き、森尾は「俺にとってお前は、ずっと、ただの弱い人間だった」と、懺悔するように言った。

「俺の家にお前が来たあと、学校に行ったら」

震える声で、呟くように森尾が続けた。

「お前が、おはよう……と、言ってきた」

森尾の眼からこぼれた涙が、路の腕にも落ちてくる。涙は冷たく、無数だった。びっくりした、と森尾は囁いた。

「お前は、深く傷ついてた。いじめられて、犯されて……ひどい言葉に晒《さら》されて、俺からも軽蔑されて……俺は優しい言葉をかけられなかった。お前を傷つけてるって、分かってたのに……なのにお前は、立ち上がってきた。変わろうとしてた。ものもまともに食べられないくらい憔悴《しょうすい》しきってたのに、なのに……ばかにするやつらにも、おはようって……言ってた」

それはかつて――路が変わろうと決めた、最初の一歩だった。

おはようと言う。笑って言う。自分を好きになるために、そうした。

俺は、と喉を震わせて、森尾は喘いだ。

「お前より、俺が弱いことを……知った」

お前が、俺より強いことを知ったと、森尾は吐き出す。

「あのときから、お前はずっと……俺の前を走り続けてた」

……それは路にとっての、森尾だった。路は森尾の背中だけを見て生きてきた。森尾も同じように、路の背を見ていたというのだろうか？

「俺にはお前が、自分とは違う生き物に見えた。……ものすごく、きれいなものに」

……きれいなものに。

それはどんなものだろうと、路は思った。森尾の心は、半分も路には分からない。けれど路が森尾に抱いていた憧憬と、その気持ちは似たもののような気がする。

「……もしそれが本当なら、俺は森尾に、傷つけられるほど、弱くないよ」

路はそっと、森尾に語りかけるように言った。

「……俺を信じて。俺の強さを信じて。……俺は、森尾の優しさを信じてる」

俺だってひどい人間なんだよ、と路は訴えた。

「森尾が俺といて、傷つくって分かってて、一緒にいてほしいって思ってる。……今日、俺と一緒にいても、森尾は……ちっとも楽しくなかった？」

楽しくなかったと言われたら傷つく。そう思いながら、それでも訊いた。森尾は泣き濡れた眼で、やっと路の顔を見た。その顔がくしゃりと歪み、「そんなわけないだろ」と否定したとき、路はほんのわずかに体が軽くなった気がした。

「……罪悪感も、なにもかも忘れて、浮かれたよ。お前が可愛くて……愛しい。抱きしめたいのをこらえてた。一緒にいて、幸せだった。……許されないって思いながら、簡単に舞い上がった……」

それはだめなことなの？　と、路は森尾を見つめて訊いた。

森尾の瞳が、迷うように揺れている。

「俺たち、一緒にいられないかな……森尾には、もっといい相手がいるって、俺だって思う。だけどそれでも……ほんのちょっとの幸せや、楽しさを、積み重ねていくことはできない？　それはもしかしたら、次の日には壊れるかもしれない。罪悪感に、負けてしまうかも。だけど……一瞬一瞬の幸せを繋いでいくこと、できないのかな」

森尾は？　と路は訊いた。

「俺と森尾の始まりは、普通じゃないかもしれないけど……でも、今この瞬間俺を好きでいてくれるなら……俺の気持ち、受け取ってほしい……」

言い切ると、森尾の眼に、新たな涙が盛り上がってくる。崎田、とため息のような声で、森尾が囁く。

「俺は森尾がいいんだ。森尾がいい、俺を苦しめて、傷つけた森尾が……それでも、俺を見つけてくれて、今眼の前で苦しんでる……身勝手な森尾がいい。完全な幸せなんていらない、間違ってていい。俺を傷つけてくれていい。俺は立ち上がるから。だから……苦しみながらでも、俺を受け取って――」

他にどんな道があるのだろう？

二人愛しあうのに、どんな方法が？

考えても分からなかった。森尾の痛みは路には癒やせない。けれど自分から、離れてあげることもできない。苦しませても一緒にいたいとしか言えない。とんでもないわがままかもしれなくても、このまま別れてしまうのはもう嫌だった。

「俺のほうこそ、森尾を幸せにできなくて……ごめん……っ」

そこまで言ったらもう耐えられずに、涙が次から次へと溢れてくる。嗚咽を漏らすと、森尾がベッドから降りてきて、床に跪き、路を抱きしめてくれた。強い腕と大きな胸が体にくっつく。それは八年ぶりの、森尾の体だった……。

「……崎田……分かった。もう、分かったよ。もう、もう……ここまでお前に言わせて、俺はバカだ……」

ちゃんと聞こえてるか、と問われて、路は頷いた。

「森尾を幸せにできない俺を、受け取ってくれる……？」

顔をあげて、泣きながら訊ねる。森尾は泣き笑いのような顔をして、小さく、息を吐き出した。

「受け取る」

観念するように、小さな声で森尾は呟き、路の額に額を押しあてた。虹彩の薄い瞳に張った涙の膜が、まばたきでこぼれて森尾の頬を伝う。

「俺もそれを、信じる」

愛することよりも信じることが、きっと互いの未来を支えてくれる。そう森尾は囁くように続けた。

全身から力が抜けていく。これは夢だろうかと思い、怯える。

路はぎゅっと森尾の腕にしがみついた。確かな体温が、掌に伝わってくる。

「……十八歳のとき」

と、路はそっと祈るように、最後の秘密を打ち明けていた。

「いつか森尾への気持ちは、熱病みたいに冷めるかもしれないって思ってた。この世には正しい恋愛があって、いつかは自分も眼が覚めるのかもって」

でも違った、と囁く。

「……小さいときから、ずっと願ってた。もしもこの世界に、自分を信じる方法が……誰かを愛する力が、明日を、選びとる勇気が、あるのなら」

わたしにください、と願っていた。

目尻に浮かんだ涙に、森尾の顔がにじんだ。苦しそうに眉を歪め──それから森尾は、小さく息をついて、路の額に頬をすり寄せた。

「分かるよ」

と、森尾は言った。

「俺も同じだった。……八年間ずっと、お前と同じこと、願ってた……路。崎田路」

名前を繰り返し呼んで、森尾は「俺にください、神さま」そう思っていたと言った。

「……俺にください。お前を、愛する方法を。そう思ってた」

……ずっと、会いたかったんだ──。

ようやく明かされたその一言に、胸が熱くなり、震えた。けれど俺もだよ、という声は、いつの間にか森尾の唇に吸いこまれて、消えていた。

柔らかな唇の感触に、全身が溶けていきそうになりながら、路はただ一瞬の幸福を、誰よりも深く味わっていた。

あとがき

こんにちは、または初めまして。樋口美沙緒《ひぐちみさお》です。このたびは、『わたしにください —十八と二十六の間に—』をお読みくださりありがとうございます。よければ『わたしにください』と合わせてお読みいただければ嬉しいです。

節目の年なので、普段書かない真面目なことを書こうかなと思います。

この本を刊行している2019年、私はデビュー十年めで、この小説を初めて書いてから十五年が経っています。最初にこの話を書いたのは投稿するためでした。ところが出版社の投稿規定から、ページ数が大幅にはみ出していました。私は携帯電話を持っていなくて、会社の昼休みに公衆電話から編集部へ電話をかけ、ページ数が多くても送っていいですかと訊いたことを覚えています。

送るのは構わないと言われ、当時紙を買うのも難しいくらいお金がなくてA4の紙に4ページ載せて送りました。でもその頃は規定を破ると読んでもらえないのが普通だったので、あの原稿は読まれなかっただろうなあと今となっては思います。物知らずで無力だった自分を、ふと思い出します。

どう生きていけば楽になれるのか分からずに生きていたころがありました。それはたぶん特別な苦しみではなかったでしょう。今この本を読んでくださっている誰かも、世界の片隅で一人抱えている苦しみではないでしょうか。

私は当時自分のいる場所にあたる光を待っていたし、書き続ければいつかあたると信じていました。それが叶ったかはさておき、今はあのころ待っていた光を、誰かのもとへ届くように書けないだろうかと考えています。路と森尾と出会ってから十五年経った現在、まだまだ答えは出ていません。

こんな真面目な話は、恥ずかしいのでこれくらいにしますね（笑）。

イラストを手がけてくださったチッチー・チェーンソー先生。

電子版で魅力的な絵を描いてくださった門地かおり先生と同じパワフルさ、魅力をと、挿絵の方を探しました。先生に出会えて感謝しています。同じくらいエネルギッシュに、でもまったく違う魅力で作品世界を描いてくださいました。電子版を飾ってくださった門地かおり先生にも、心より感謝しております。

担当様。一番最初の私の読者として、いつでもまずは担当様に楽しんでもらえることが私の喜びです。私の家族、友人、知人、出版社、書店のみなさま。そして読者のみなさまにも。ありがとうございます。

樋口美沙緒

誰に祈りを捧げるか

ああまたあの夢だ、と俺は思いながら眼を覚ました。

早朝の白い光が天井に揺れている。頭は鈍く痛み、体は重たく、肺の中いっぱいに鉛が詰まっているような気がした。息を吐き出しながら起き上がる。瞼の裏には、さっきまで見ていた夢がフラッシュバックした。

九年前の九月、恋人の崎《さき》田《た》路《みち》を無理矢理犯した光景だった。

暗く重たい罪悪感がずしりと心にのしかかってくる。

忘れるな、お前はひどい人間だ——という声が、頭の隅っこで聞こえた。

充電器に繋いで放り出してあるスマートフォンが、ちかちかと光っていた。

見ると、メールが一通届いていた。

『おはよう、すごく早く眼が覚めたから、今日は朝ご飯ちゃんと作ったんだ』

他愛のない一文の下に、トーストとハムエッグ、サラダの写真があった。相手は路だった。俺は小さく笑い、のんびりとしたメールの内容に、重たい罪悪感が消えていくように思った。

心は瞬く間に幸福に支配され、俺は崎田路に許され、愛されているという喜びと安堵でいっぱいになる。その優越感は麻薬のようで、俺は自分がひどい人間だと忘れていないのに、それでも幸福に満たされる。

『おはよう。今度それ、俺も食べたい』

素直な気持ちを送る。できれば、朝同じベッドで眼を覚まし、一緒に朝食をとりたい。作るのは俺でも路でもいい。路が幸せそうに、小さな口でパンをかじったり、目玉焼きを割って箸で運ぶところを、眺めていたいと思う。

付き合い始めて一ヶ月、一度だけいわゆる「お泊り」をしたが、そのときの路は朝になるとコンタクトをはずして眼鏡だった。

十七歳のときに戻ったみたいで、なんだか胸が疼いたのを、俺は覚えている。路を見ているといつも罪悪感や、触れていいのかと躊躇う気持ちがある。けれどそれが消えると、残るのは果てしない愛しさだけだった。

初めての「お泊まり」をした日は、朝、ルームサービスでサンドイッチをとった。食べていた路の眼が、眼鏡の下で見開かれ、「美味しい……」とため息をつくのが、ものすごく可愛かった。

あれをもう一度見たいなと思いながら、一ヶ月が経っている。俺の仕事が忙しくて、なかなか外泊する時間がとれない。

ゆっくり会いたいとも思うし、恋人になれてからまだ一度しか味わえていない路の体を、優しく抱きたいとも思う。

すぎた願いだと、欲張りだなと思う気持ちと一緒に、腹をくって恋人になったのだから、それくらいいいだろうと思う自分もいる。

俺はまだ、路と上手く『恋人をする』ことができなかった。

わがままにはなれない。ひょっとすると、やっぱり別れるべきだという気持ちが湧くときもある。でもそうすると、ホテルで一緒に花火を見た日、路が泣きながら俺を信じてと言った言葉を思い出す。自分の罪悪感よりも、路の望みを大事にしたい。

八年離れていてもまだ、好きでいてくれたこと。俺を許してくれたこと。俺と一緒にいたいと思ってくれていること。そのすべてが、奇跡だと思うからだった。


「……見た目すげー真人間ぽくなってんのな。中身はどうだか知らんけど」

眼の前で暴言を吐かれた。隣に座っていた路が、「もう、大村《おおむら》、ケンカしないって約束だろ」とちょっと怒ったように言う。

俺は仕事終わりに、路と付き合う上ではずせないステップのうちの一つを、消化しにきていた。

――あの、森尾。大村に会ってくれる？

と、切り出されたのは二週間前のことだ。大村というのが高校時代のクラスメイトのあの大村で、どういうわけか路とは今ほとんど親友同士になっていることは、アメリカにいるときから聞いて知っていた。

俺は正直、それを聞いたときは発狂しそうなほど腹が立ったし、そんなヤツとつるむなと、何度言いたくなったかしれない。また路を傷つけてみろ、すっ飛んでいって殺してやる、とまで思っていた。でも、それは向こうも同じだったようで、路が俺と付き合うことになったと報告すると、即座に『許してほしいなら面《つら》見せろ』という話になったらしい。それで俺は仕事を調整し、なんとか時間を作って、その日路と一緒に、大村が働いているというカフェバーを訪れた。

雰囲気のいいカフェバーは、テラス側の席に女性客が何組か座っていた。大村は俺を見ると眼をすがめ、ふうんとでも言いたそうに息をついて、席へ案内してくれた。

なんだその態度は。お前も俺も似たようなものだろ、という気持ちが湧いたが、すぐに大村は俺ほどひどくはないとも思ったし、路にとっては今は大事な友人なのだ、と思うことで、ぞんざいな態度をとらずにすんだ。

なにより俺が大村とケンカしたら、路が傷つく気がする。

奥まったところにある四人掛けの席に路と横並びで座っていると、大村が料理と酒を手早く作ってきて、路の向かいに腰を下ろした。料理はパスタと肉料理、生ハムのサラダとチーズの盛り合わせ、酒は赤ワインがデキャンタでどん、と置かれていた。

「じゃあ弁明してもらおうじゃねえか、崎田を八年も振り回した理由」

開口一番そう言った大村に、俺は内心腹が立ったが、苦笑するにとどめた。そうすると、見た目は真人間ぽい、と言われたのだった。

……いや、お前に言われたくないんだが。

「……お前が俺を疑う気持ちは分かる。けどそれは、俺も同じだってこと忘れないでくれよ」

一応落ち着いた声音で言ったものの、内容はたぶんきつい。本音が漏れると、大村は口の端に笑みを浮かべ、俺を値踏みするようにジロジロと見た。

「お前がいない八年間、俺は崎田のそばにずっといたの。支えてたの。お前がひどい別れ方するから、こいつはすげー傷ついてたんだぜ」

「路に優しくされてさぞいい思いしただろうな。……自分に甘いことで羨ましいよ」

「は、なんだって？」

隣の路は「だからやめてって」と腰を浮かしかけたが、そのタイミングで路のスマートフォンが鳴った。隣なので液晶に表示される名前が見えた。どうやら職場からのようだ。

「出てこいよ、ケンカしないから」

大村が路に言い、なんでお前が言うんだとむかついたが、路は俺をちらりと見た。俺も微笑んで頷く。すると路は、ほんとにケンカは駄目だよ、と言いおいて、小走りに店の外へ出ていった。二人きりになると、大村は俺と自分のグラスに、ワインを注いで差し出した。

「……べつに責めるつもりはねえよ。崎田が選んだんだ。もう逃げるなよってお前に言いたかっただけ」

「……逃げるか。覚悟くらいしてる」

だろうなと、大村がどうでもよさそうに言う。似たような会話を、つい先日アメリカにいる黒田《くろだ》と電話でした。黒田は俺が路と付き合うことになったと聞いても、もう反対しなかった。俺はお前のこと、とっくに許してるよ、と言われた。

――お前のこと、許してないのはもうお前だけだろ。森尾。

そうなんだろうなと、そのとき思った。俺が本質的に許していないのは俺のことだけ。眼の前の大村や、臼井《うすい》や、岸辺《きしべ》たちのことも許してはいないが、それは過去の彼らのことで、今の彼らについてではない。路が許しているというなら、大村との友だち付き合いに口だしするつもりはなかった。

「崎田は本気でお前だけ好きだから……俺はお前を許してるし」

お前もなんだかんだ言って、俺のこと許してんだろ、と大村は言うと、グラスの中身を一気に飲み干した。

「……俺もそうだけどさ、お前のとは重さが違う。お前の背負ってるものはデカいよな、たぶん。……一生、自分を許せないって、どういう気持ちなんだ？」

問われても、上手く答えられなかった。大村の眼の中には、ほんのわずかに同情するような色がある。こいつももう、十七歳でも、十八歳でもないのだと思った。大村は路のために、路が幸福であるために、俺の幸福も願っているのだろうか。ふと、そんなふうに思った。

「懺悔しながら、ものすごく美しいものに、汚れた手で触れてる気持ちだよ……いつも」

路といるとき、俺はそれでも身勝手なので触れてしまう。大村は分かったような分からないような顔でしばらく黙っていたが、やがてぽつりと呟いた。

「お前の崎田に対する感情って、信仰心みたいなもの、なのな……」

俺は黙りこんでいた。電話を終えた路が、慌てて戻ってくるのが見えると、大村は「よし、食え！　奢ってやる！」と威張った様子で言った。

俺と大村の険悪ムードは最初の話し合いだけで終わり、あとはひたすら酒を飲み、料理を食べて、路の近況や、大村の仕事の愚痴や——ちなみにこの日、大村は休みで、店には別のスタッフがいたが、料理が足りなくなると厨房《ちゅうぼう》に行ってはなにかしら作ってきてくれた——を聞き、俺の話をたまにして、どうでもいいテレビの話、ネットニュース、雑学雑談などで盛り上がって、会はお開きになった。

帰り道、酔い覚ましに一駅遠くまで歩こうということになり、店の片づけを手伝って帰るという大村と別れて、俺と路は一緒に肩を並べて歩いた。

都心の街中だが、時間が遅いのでもう人はあまりおらず、ネオンもわずかだった。

「森尾と大村が仲良くなってくれてよかった」

路が嬉しそうに言ったが、さすがにそれはちょっと違うので「うーん」と呻いてしまった。

「……お友だちになったわけじゃないぞ」

路はふふ、と笑って、いいよそれで、と言った。

「もとは森尾と大村のほうが仲良かったのにね。不思議だね」

季節は初秋。心地よい風がふわりと路の頬を撫でて、黒髪をふわふわとたなびかせている。酔った路の顔は赤く、夜の闇の中、千鳥足で歩く様は可愛かった。転ばないよう、手を繋いだ。小さな手を握りこむと、路は嬉しそうに眼を細める。

こういうふうに触れられる。そのことに深い幸福を覚えながら——調子がいいなと思う自分がいる。懺悔をこめて触れている。なにをしても、俺程度では路の本当に美しい場所が汚れないことを信じているから。

「……ひどいことされてたのはお前なのに、すごいな。どうして、大村を許せたんだ?」

ふと、訊いていた。それは本当は、俺自身のことでもあった。

どうしてお前は俺を許せたんだ、という問い。

路は眼をしばたたき、うーんと首をひねった。

「最近思ったんだけど、誰だから……とか、こうだから……とか、そういう理由も、もしかしたら本当はないのかもしれない」

ぽつりと言われた言葉が分からずに、俺はじっと路を見下ろした。

「……許されて生きてるのを感じる。生きてるってこと自体、許されてるような。ご飯だってなにかの命をいただくわけだし、職場で失敗しても働いていけるのは、許してくれる人がいるからだったり……だから、なんていうか」

——許すために生きている気がする。

と、路は続けた。

「……許すために」

「許したいって、ほんとは誰でも思ってるんじゃない? そのほうが……自分を好きになれるから。でもそれって楽してるだけなのかな? うまく言えないや」

あはは、と路は笑って、話を終わりにした。まるで酔っ払いの戯れ言みたいに、路は話しているけれど、俺の脳裏にはふと、九歳の時に死んだ母親の姿がいつになく鮮明に蘇ってきた。

なんの記憶だか分からない。小さな俺は泣いていて、母のベッドに伏している。俺はごめんなさい、ごめんなさいと謝り、母は俺を抱きしめて、いいよ、いいよと繰り返している。

――そうだった。思い出した。母は俺の産褥《さんじょく》がきっかけで病になって、亡くなったのだ。家族の誰もが秘していたその事実を、母が亡くなる少し前、知人がなにげなく俺に漏らした。なんの悪意もなく、祐樹《ゆうき》くんのせいじゃないから、気に病まないのよと。

俺のせいで母は死ぬのだと分かって、号泣していたら、母は俺を抱きしめて許し、そうして言った。

……祐樹をもらったのよ。祐樹を産むことを神さまから許してもらったの。だから他になんにもいらない。

許す必要すらない、けれど俺がごめんなさいと言うたびに、母はいいよと言っていた。

立ち止まった俺を、路が不思議そうに振り返る。大きな瞳に、心配そうな光が映った。

「森尾、どうしたの……？　どこか痛い？」

優しい声。俺はいつの間にか泣いていた。音もなくこぼれる涙は、暗い夜道に散っていく。長く忘れていた優しい、温かなもの。一生許せない俺の存在を、ただ一人許し続けてくれるなにかを、もしかしたら、俺はずっと探していたのかもしれなかった。

涙のにじんだ視界の中で、不安そうに俺を見つめている路のことがひどく愛しかった。

――神さまは俺に、崎田路をくれたと思っていいのかな。

長くても、あと七十年はないだろう人生の残り時間を、なんとか生き抜いていくために、俺は一生路を許し続けるし、他の誰かのことも許し続けようと思った。そして俺自身のことを、許してくれる路に全部、なにもかもあげていいと。

「……路」

そっと呼んで抱き寄せる。鼻先に、路の髪がふわりとあたる。夜の闇の中、淡いシャンプーの香りが、優しく香って消えていく。愛してるよと囁いて、それから言った。

「……お前さえよければ、一緒に暮らしたい」

腕の中で路が一瞬ぴくりと体を揺らし、それから顔をあげた。その眼は潤み、小さな唇から、いいの？　という声が漏れ出てきた。俺は微笑んで頷き、それから体を屈めて、そっと、路の神聖な唇にキスをした。

その一瞬、ほんのわずかに――俺はいつか俺を許せるような……そんな気がした。もしも俺もまた誰かを、許すために生きているのなら。

Hanamaru Bunko

作家・イラストレーターの先生方へのファンレター・感想・ご意見などは
〒101-0063 東京都千代田区神田淡路町 2-2-2
白泉社花丸編集部気付でお送り下さい。
編集部へのご意見・ご希望などもお待ちしております。
白泉社のホームページは http://www.hakusensha.co.jp です。

白泉社花丸文庫
わたしにください－十八と二十六の間に－

2019年12月20日　初版発行

著　者　樋口美沙緒 ©Misao Higuchi 2019
発行人　高木靖文
発行所　株式会社白泉社
〒101-0063 東京都千代田区神田淡路町 2-2-2
電話 03(3526)8070(編集部)
03(3526)8010(販売部)
03(3526)8156(読者係)

印刷・製本　株式会社廣済堂
Printed in Japan　HAKUSENSHA　ISBN978-4-592-87748-6
定価はカバーに表示してあります。

の大好評既刊

タランチュラ×シジミチョウ

「愛の巣へ落ちろ!」

シジミチョウ出身で庶民の翼は、ハイクラス名家の御曹司でタランチュラ出身の澄也に憧れ星北学園に入学。しかし実際の澄也は超嫌な奴で、あげくにすぐに手を出され!?

クロオオアリ×クロシジミチョウ

「愛の蜜に酔え!」

クロシジミチョウ出身で天涯孤独の里久は、クロオオアリ種の有賀家で世話になっている。次期王候補で片想いの人でもある綾人が病気と知り、治療のため星北学園に編入するが!?

擬人化チックファンタジー！

イラスト/
街子マドカ

タランチュラ×カイコガ

「愛の裁きを受けろ!」

ロウクラスでカイコガが起源の郁は、体も弱く口もきけないながら懸命に生きていた。ある日、ハイクラスばかりのパーティでからまれているところをタランチュラの陶也に助けられ恋に落ちるが!?

ヘラクレスオオカブト×オオスズメバチ

「愛の罠にはまれ!」

オオスズメバチ出身の篤郎は、過去に深く傷つけた義兄・郁への罪悪感から立ち直れず、幸せになってはいけないと自分を責め続け生きていた。そんなある日、ヘラクレスオオカブト出身の兜が目の前に現れ!?